COLECCIÓN POPULAR

11

POPOL VUH

Comentarios y sugerencias:
Correo electrónico: editor@fce.com.mx

POPOL VUH

*Las antiguas historias
del Quiché*

TRADUCIDAS DEL TEXTO ORIGINAL
CON INTRODUCCIÓN Y NOTAS

por

ADRIÁN RECINOS

FONDO DE CULTURA ECONÓMICA
MÉXICO

Primera edición (Biblioteca Americana), 1947
Segunda edición (Col. Popular),   1960
   Vigésima novena reimpresión,   2000

D. R. © 1952, FONDO DE CULTURA ECONÓMICA
D. R. © 1986, FONDO DE CULTURA ECONÓMICA, S. A. DE C. V
D. R. © 1995, FONDO DE CULTURA ECONÓMICA
Carretera Picacho-Ajusco 227; 14200 México, D. F.
www.fce.com.mx

ISBN 968-16-0327-3

Impreso en México

De todos los pueblos americanos, los quichés de Guatemala son los que nos han dejado el más rico legado mitológico. Su descripción de la creación, según aparece en el *Popol Vuh*, que puede llamarse el libro nacional de los quichés, es, en su ruda y extraña elocuencia y poética originalidad, una de las más raras reliquias del pensamiento aborigen.

HUBERT HOWE BANCROFT, *The Native Races*, t. III, cap. II.

INTRODUCCIÓN

LOS PUEBLOS del Continente americano no se encontraban al tiempo del descubrimiento en el estado de atraso que generalmente se cree. En lo material habían alcanzado un notable grado de adelanto, a pesar de su aislamiento del resto del mundo, como lo demuestran las obras de arquitectura, los caminos de los incas del Perú y de los aztecas de México y los mayas de Yucatán y Guatemala, la organización social y política y las conquistas en el orden intelectual. Los mayas, especialmente, poseían conocimientos exactos de los movimientos de los astros, un calendario perfecto y una sorprendente aptitud para los trabajos literarios y artísticos.

Las guerras de la Conquista fueron sumamente destructoras. La opulenta ciudad de México o Tenochtitlán fue arrasada por los vencedores. La capital de los quichés de Guatemala, llamada Utatlán o Gumarcaah, pereció entre las llamas junto con sus reyes, y sus habitantes fueron reducidos a la esclavitud. No corrieron mejor suerte los documentos pertenecientes a la cultura de los indios que fueron destruidos por los primeros misioneros cristianos para obligarlos a abandonar sus viejas creencias religiosas. Y, sin embargo, esos mismos misioneros, pasado el ardor de la persecución religiosa, se dieron a la fructuosa labor de recoger la tradición indígena y las noticias de sus artes y costumbres, las cuales se han conservado felizmente en las obras de Sahagún, Las Casas, Torquemada y otros escritores.

La existencia de una literatura indígena precolombina en el Continente americano permaneció ignorada hasta el siglo XIX. Si bien los cronistas españoles del período colonial habían incluido en sus obras algunas muestras de la poesía y las oraciones y admoniciones de los indios, su verdadero pensamiento no fue conocido hasta que los modernos investigadores descubrieron los cantos y leyendas que aún se conservan en los diversos países americanos. Entre todos aquellos pueblos se distinguen por su superior calidad las narraciones de los mayas de Yucatán y los quichés y cakchiqueles de Guatemala.

Los primitivos habitantes de esta región del Nuevo Mundo poseían un sistema propio de escritura que los califica de verdaderamente civilizados. Por medio de sus signos y caracteres escribían los datos de su comercio, sus noticias cronológicas, geográficas e históricas. Los mayas, principalmente, desarrollaron una brillante cultura en el sur de México y en el actual territorio de Guatemala, e inventaron una escritura jeroglífica que en parte se ha logrado descifrar. Algunos de los libros escritos por ellos en su sistema gráfico original se conservan felizmente en las bibliotecas europeas.

El historiador Bernal Díaz del Castillo dice que los indios de México tenían "unos librillos de un papel de corteza de árbol que llaman amate, y en ellos hechas sus señales del tiempo e de cosas pasadas". Otros cronistas de aquella época refieren que los antiguos pobladores de estas tierras poseían escritas sus historias, la genealogía y sucesión de sus reyes, los acontecimientos de cada año, la demarcación de las tierras, las ceremonias y fiestas, sus leyes y ritos religiosos.

Los misioneros españoles que tomaron a su cargo

la instrucción religiosa de los indios se preocuparon desde un principio por enseñarles a hablar y leer la lengua castellana, y algunos de ellos aprendieron a escribir usando el alfabeto latino, no sólo para componer las frases del nuevo idioma, sino también para transcribir las palabras y los textos de las lenguas indígenas. El buen sentido con que los naturales se dedicaron a estas disciplinas permitió que se conservaran por escrito las noticias de la antigüedad y el tesoro literario que sólo ellos conocían y que se había estado trasmitiendo probablemente en forma oral, de generación en generación.

Tratando por ahora de las historias de los indios quichés de Guatemala es interesante dar a conocer la manera un tanto misteriosa como se descubrió el libro más notable de la antigüedad americana.

A principios del siglo XVIII el Padre Fray Francisco Ximénez, de la Orden de Santo Domingo, que había llegado de España a Guatemala en 1688 "en una barcada de religiosos", desempeñaba el curato del pintoresco pueblo de Santo Tomás Chuilá, hoy Chichicastenango, donde se conservaba y existe todavía la antigua tradición de los indios quichés. Gracias a su carácter bondadoso y a su espíritu comprensivo de la psicología y necesidades de los indios, el Padre Ximénez logró inspirarles confianza y consiguió que le dieran a conocer un libro escrito pocos años después de la conquista española, en la lengua quiché, con auxilio del alfabeto castellano. El Padre Ximénez se interesó vivamente en el hallazgo, y hallándose ya en posesión del idioma indígena, pudo enterarse del gran valor del manuscrito que había caído en sus manos, y se dedicó con ahinco a estudiarlo y traducirlo a su propio idioma. Como garantía de la veracidad de su traducción, el buen fraile transcribió íntegro el texto quiché del documento indígena, y junto a él, en columnas paralelas, insertó su traducción castellana. Este manuscrito, que se conserva actualmente en la Biblioteca Newberry de Chicago, lleva el título siguiente que le fue dado por su descubridor y primer traductor:

Empiezan las historias del origen de los Indios de esta provincia de Guatemala, traduzido de la lengua quiché en la castellana para más comodidad de los Ministros del Sto. Evangelio, por el R. P. F. Franzisco Ximénez, Cura doctrinero por el Real Patronato del Pueblo de Sto. Tomás Chuilá.

El nombre de su autor se ignora en absoluto. Solamente se sabe lo que dice el propio manuscrito, o sea que existía antiguamente un libro llamado *Popol Vuh* en donde se refería claramente el origen del mundo y de la raza aborigen, todo lo cual veían los reyes ·en él, y que, como ese libro ya no existía, se escribía esta narración "ya dentro de la ley de Dios, en el Cristianismo".

Esta primera traducción del P. Ximénez no era muy clara; apegada estrictamente al original, a veces era difícil de leer y de oscuro sentido; pero él la revisó, la hizo menos literal y de más agradable lectura y la incluyó en el primer tomo de su extensa *Historia de la Provincia de San Vicente de Chiapa y Guatemala* que terminó hacia el año 1722. Escribió además el laborioso fraile otra importante obra, el *Tesoro de las Lenguas Cacchiquel, Quiché y Tzutuhil,* en dos volúmenes, de los cuales el primero, de 204 folios dobles, contiene un vocabulario, y el segundo una gramática de dichas tres lenguas, que consta de 92 folios dobles, o sean 184 páginas. En esta obra hizo Ximénez un estudio minucioso de la lengua quiché siguiendo el método de la gramática latina y señalando las relaciones y diferencias que existen entre las tres lenguas que aún se hablan en Guatemala. Brasseur de Bourbourg se aprovechó bien de este trabajo para componer su *Grammaire de la Langue Quichée* que publicó en París en 1862.

Unidas a la gramática o Arte de las tres lenguas hoy depositado en la Biblioteca Newberry de Chicago, se encuentran la copia del Manuscrito de Chichicastenango hecha por Ximénez y su primera traducción castellana. En opinión de Brasseur de Bourbourg esta copia debe tenerse como el original de la narración quiché.

El P. Ximénez dice en su *Historia de la Provinc* que las historias que recogió en Santo Tomás Ch´ a eran la doctrina que los indios primero mamaba on la leche de su madre y que todos ellos l abían de memoria, y que según pudo enterarse aquel pueblo "de aquestos libros tenían muchos entre sí". Lo cierto es que el documento que Ximénez tuvo en sus manos es el único que efectivamente ha aparecido y cuyo contenido se ha conservado felizmente gracias a su previsión y diligencia.

Estudiando el texto del Manuscrito de Chichicastenango se encuentran algunos datos que permiten fijar aproximadamente la época en que fue redactado por uno o varios indios quichés. Se habla en él de la visita que hizo al Quiché el Obispo D. Francisco Marroquín para bendecir la ciudad española que sustituyó a la antigua Utatlán, visita que, según el P. Ximénez, tuvo lugar en 1539, y al enunciar en las páginas finales la serie de los reyes que gobernaron el territorio, menciona como miembros de la última generación a Juan de Rojas y a Juan Cortés, nietos de los reyes a quienes el conquistador español Pedro de Alvarado quemó frente a Utatlán en 1524.

Los últimos señores quichés vivieron hasta después de la mitad del siglo XVI. El Oidor de la Real Audiencia Alonso Zorita los conoció durante la visita que hizo al Quiché en 1553 y 1557 y los encontró "tan pobres y miserables como el más pobre indio del pueblo". Las firmas de estos príncipes aparecen en varios documentos indígenas, entre ellos el *Título de los Señores de Totonicapán*, extendido el 28 de septiembre de 1544. De estos datos es posible deducir que el célebre manuscrito quiché se terminó de redactar alrededor de 1544.

Los trabajos del P. Ximénez permanecieron olvidados en el archivo del Convento de Santo Domingo, de donde pasaron en 1830 a la biblioteca de la Universidad de Guatemala. Allí los encontró en 1854 el viajero austriaco Dr. Carl Scherzer, y dándose cuenta de su valor se hizo extender una copia de la primera traducción de Ximénez y la publicó en Viena en 1857 con el título primitivo de *Las Historias del origen de los indios de esta provincia de Guatemala*.

El célebre americanista Charles Étienne Brasseur de Bourbourg llegó a Guatemala un año después de Scherzer y se interesó también por estas historias; adquirió no se sabe exactamente de qué manera, el manuscrito de Ximénez, y haciendo uso del conocimiento de la lengua quiché que aprendió durante el año que administró el curato del pueblo de Rabinal, se dedicó a traducirlo al francés. Vuelto a su país, Brasseur publicó un hermoso volumen con el título de *Popol Vuh. Le Livre Sacré et les mythes de l'antiquité américaine.* Este volumen, editado en París en 1861, contiene el texto quiché, la traducción de Brasseur y un erudito comentario, y desde su aparición fue acogido con vivo interés por el mundo científico de América y Europa.

Brasseur de Bourbourg dio al documento indígena el nombre de *Popol Vuh* que conserva hasta ahora, y aunque por ello ha sido criticado por varios comentaristas, el hecho es que el autor de esta narración se propuso evidentemente reproducir el libro antiguo que ya no se veía en su tiempo y que era conocido con el nombre de *Popol Vuh*.

La versión francesa de Brasseur fue a la vez traducida al castellano y en esa forma fue publicada en Centroamérica a fines del siglo pasado y luego reproducida en Yucatán. Otros trabajos sobre la mitología y la historia precolombina de Guatemala fueron publicados al mismo tiempo en América y los países europeos por Bancroft, Brinton, Charencey, Chavero, Müller, Seler, Raynard, Spence, etc., animados todos estos autores del interés que les había inspirado la aparición del *Popol Vuh*.

Muerto Brasseur, su colección de manuscritos y obras impresas se dispersó y hoy se encuentra repartida en varias bibliotecas de Francia y los Estados Unidos de América.

Una segunda versión del *Popol Vuh* se debe al profesor Georges Raynaud, dedicado durante muchos años al estudio de las religiones y de los manuscritos indígenas americanos. Su traducción vio la luz en París en 1925 y fue trasladada al castellano dos años después con el título de *Los dioses, los héroes y los hombres de Guatemala antigua o Libro del Consejo*.

Dos traducciones alemanas de este libro han sido publicadas en Alemania: la primera, por Noah Elieser Pohorilles, apareció en 1913 en Leipzig; la segunda se debe al Dr. Leonhard Schultze-Jena, de la Universidad de Marburg. Este distinguido americanista, que había recogido anteriormente las oraciones de los indios quichés y publicado un libro sobre la vida y las creencias de aquel pueblo americano, tuvo a la vista una copia fotográfica del manuscrito de Ximénez y publicó en Stuttgart en 1944 un hermoso volumen con el título de *Popol Vuh. Das heilige Buch der Quiche Indianer.* Tiene esta obra el mérito de haber reproducido el texto quiché tal como lo transcribió el P. Ximénez y de haberse basado en él su versión alemana que, por esta razón, es más fiel y exacta que la versión francesa de Brasseur.

Dos traducciones modernas en castellano han aparecido en los últimos años. La primera se debe al licenciado J. Antonio Villacorta y don Flavio Rodas, y fue publicada en Guatemala en 1927 con el título de *Manuscrito de Chichicastenango. El Popol Buj.* Se incluye en esta edición el texto quiché tomado de la obra de Brasseur y fonetizado nuevamente para uso del lector español. Por una coincidencia, que revela el interés que inspira el documento indígena, el autor de esta introducción estaba trabajando en los Estados Unidos al mismo tiempo que el profesor Schultze-Jena en Alemania en la traducción del manuscrito quiché que en 1941 había encontrado en la Biblioteca Newberry. Conociendo la importancia de este documento, y con la esperanza de poder añadir algo nuevo a la interpretación de los anteriores traductores, emprendí desde aquel año la difícil tarea de trasladar las historias de los indios de mi país al idioma castellano y de aclarar por medio de notas los pasajes oscuros, añadiendo los datos geográficos y de otra naturaleza que contribuyeran a su mejor inteligencia. Mi traducción fue publicada en México en 1947 bajo el título de *Popol Vuh. Las antiguas historias del Quiché.*

14

Por empeño de mi inolvidable amigo el arqueólogo Sylvanus G. Morley, mi versión castellana fue trasladada al inglés y publicada en 1950 por la imprenta de la Universidad de Oklahoma, Estados Unidos, en un bello libro que lleva el título de *Popol Vuh. The Sacred Book of the Ancient Quiché Maya*. Esta versión, reproducida poco después en Inglaterra, es la primera que se ha publicado íntegramente en el idioma inglés.

Como podrá observar el lector, el libro de los antiguos indios quichés ha recibido la atención de los hombres de estudio de ambos Continentes. Está para publicarse, además, una traducción al japonés. La parte mitológica que contiene ha dado lugar asimismo a varias obras de entretenimiento, entre las cuales pueden citarse las del escritor argentino Arturo Capdevila y del escritor yucateco Ermilo Abreu Gómez, en América, y los cuentos de Charles Finger y Walter Krickeberg en Europa. En la presente edición se ha tratado de ofrecer a los lectores el libro sagrado de los quichés en una forma más sencilla y popular, sin alterar su contenido, y conservando los datos más importantes del comentario y de las notas con que ha aparecido anteriormente.

En la descripción de la creación, uno de los pasajes más notables de esta crónica, notará el lector alguna semejanza con el Libro del Génesis. Es evidente que el autor conocía algo de los textos bíblicos que le habían enseñado los misioneros cristianos; pero, como ha dicho el comentarista Adolfo Bandelier, "el conjunto es una colección de tradiciones originales de los indios de Guatemala, y como tal, la obra de mayor valor para la historia y la etnología indígena de la América Central".

Otro famoso historiador, Hubert Howe Bancroft,

15

ha dicho por su parte que el *Popol Vuh* es una de las más raras reliquias del pensamiento aborigen del Nuevo Mundo.

Los lectores que recorran las páginas de este libro no dejarán de confirmar estas opiniones de dos sabios americanistas.

En el *Popol Vuh* pueden distinguirse tres partes. La primera es una descripción de la creación y del origen del hombre, que después de varios ensayos infructuosos fue hecho de maíz, el grano que constituye la base de la alimentación de los naturales de México y Centroamérica.

En la segunda parte se refieren las aventuras de los jóvenes semidioses Hunahpú e Ixbalanqué y de sus padres sacrificados por los genios del mal en su reino sombrío de Xibalbay; y en el curso de varios episodios llenos de interés se obtiene una lección de moral, el castigo de los malvados y la humillación de los soberbios. Rasgos ingeniosos adornan el drama mitológico que en el campo de la invención y expresión artística no tiene rival en la América precolombina.

La tercera parte no presenta el atractivo literario de la segunda, pero encierra un caudal de noticias relativas al origen de los pueblos indígenas de Guatemala, sus emigraciones, su distribución en el territorio, sus guerras y el predominio de la raza quiché hasta poco antes de la conquista española.

En esta parte se describe también la serie de los reyes que gobernaban el territorio, sus conquistas y la destrucción de los pueblos pequeños que no se sometieron voluntariamente al dominio de los quichés. Para el estudio de la historia antigua de aquellos reinos indígenas los datos de esta parte del

16

Popol Vuh, confirmados por otros preciosos documentos, el *Título de los Señores de Totonicapán* y otras crónicas de la misma época, son de inestimable valor.

Cuando, en 1524, los españoles, bajo el mando de Pedro de Alvarado, invadieron por orden de Cortés el territorio situado inmediatamente al sur de México, encontraron en él una población numerosa, dueña de una civilización semejante a la de sus vecinos del norte. Ocupaban el centro del país los quichés y cakchiqueles; al poniente vivían los indios mames que aún habitan los departamentos de Huehuetenango y San Marcos; en las márgenes del sur del Lago de Atitlán se encontraba la raza aguerrida de los zutujiles; y, hacia el norte y oriente, se extendían otros pueblos de raza y lengua distintas. Todos eran, sin embargo, descendientes de los mayas que en el centro del Continente desarrollaron, en los primeros siglos de la era cristiana, una maravillosa civilización.

Las características físicas de los quichés y demás pueblos indígenas de Guatemala, y la semejanza entre las lenguas, demuestran suficientemente el parentesco que las une con la madre común. Robustecen el concepto de la unidad racial maya-quiché las ideas comunes que se encuentran en los documentos de Guatemala y Yucatán acerca del origen de sus habitantes.

Además del elemento maya original se observan en el compuesto étnico y en las lenguas de los antiguos reinos indígenas las huellas de la raza tolteca que, procedente del norte de México, invadió la península de Yucatán bajo el mando de Quetzalcóatl hacia el siglo XI de nuestra era.

Los datos de los documentos revelan que las tri-

17

bus guatemaltecas vivieron largo tiempo en la región de la Laguna de Términos y que, no encontrando probablemente en ella suficiente espacio vital ni la independencia necesaria para sus actividades, la abandonaron y emprendieron una peregrinación total hacia las tierras del interior, siguiendo el curso de los grandes ríos que tienen su origen en las montañas de Guatemala: el Usumacinta y el Grijalva. De esta manera llegaron a las altiplanicies y montañas del interior donde se establecieron y propagaron aprovechando los recursos del país y las facilidades que éste les brindaba para la defensa contra sus enemigos.

Durante su largo viaje, y en los primeros tiempos de su establecimiento en las nuevas tierras, padecieron las tribus grandes penalidades que se describen en los documentos, hasta que descubrieron el maíz y comenzaron a practicar la agricultura. El resultado, a través de los años, fue sumamente favorable para el desarrollo de la población y de la cultura de los diferentes grupos, entre los cuales se destaca la nación quiché.

Si la producción intelectual marca el grado supremo de la cultura de un pueblo, la existencia de un libro de tan grandes alcances y mérito literario como el *Popol Vuh* es bastante para asignar a los quichés de Guatemala un puesto de honor entre todas las naciones indígenas del Nuevo Mundo.

Confío en que el curioso lector que recorra las páginas de este libro y se sienta cautivado por el encanto de la antigua mitología americana podrá confirmar esta opinión.

ADRIÁN RECINOS

LAS ANTIGUAS HISTORIAS
DEL QUICHÉ

PREÁMBULO

ÉSTE es el principio de las antiguas historias de este lugar llamado Quiché.[1] Aquí escribiremos y comenzaremos las antiguas historias,[2] el principio y el origen de todo lo que se hizo en la ciudad de Quiché, por las tribus de la nación quiché.

Y aquí traeremos la manifestación, la publicación y la narración de lo que estaba oculto, la revelación por *Tzacol, Bitol, Alom, Qaholom,* que se llaman *Hunahpú-Vuch, Hunahpú-Utiú, Zaqui-Nimá-Tziís, Tepeu, Gucumatz, u Qux Cho, u Qux Paló, Ah Raxá Lac, Ah Raxá Tzel,* así llamados.[3] Y [al mismo tiempo] la declaración, la narración conjuntas de la Abuela y el Abuelo, cuyos nombres son *Ixpiyacoc* e *Ixmucané*,[4] amparadores y protectores, dos veces abuela, dos veces abuelo, así llamados en las historias quichés, cuando contaban todo lo que hicieron en el principio de la vida, el principio de la historia.

Esto lo escribiremos ya dentro de la ley de Dios, en el Cristianismo; lo sacaremos a luz porque ya no se ve el *Popo Vuh*, así llamado,[5] donde se veía claramente la venida del otro lado del mar, la narración de nuestra oscuridad, y se veía claramente la vida.

Existía el libro original, escrito antiguamente, pero su vista está oculta al investigador y al pensador. Grande era la descripción y el relato de cómo se acabó de formar todo el cielo y la tierra, cómo fue formado y repartido en cuatro partes, cómo fue señalado y el cielo fue medido y se trajo la cuerda de medir y fue extendida en el cielo y en la tierra, en los cuatro ángulos, en los cuatro rincones,[6] como fue dicho por el Creador y el Formador, la madre y el padre de la vida,[7] de todo lo creado, el que da la respiración y el pensamiento, la que da a luz a los hijos, el que vela por la felicidad de los pueblos, la felicidad del linaje humano, el sabio, el que medita en la bondad de todo lo que existe en el cielo, en la tierra, en los lagos y en el mar.

PRIMERA PARTE

CAPÍTULO PRIMERO

ÉSTA es la relación de cómo todo estaba en suspenso, todo en calma, en silencio; todo inmóvil, callado, y vacía la extensión del cielo.

Ésta es la primera relación, el primer discurso. No había todavía un hombre, ni un animal, pájaros, peces, cangrejos, árboles, piedras, cuevas, barrancas, hierbas ni bosques: sólo el cielo existía.

No se manifestaba la faz de la tierra. Sólo estaban el mar en calma y el cielo en toda su extensión.

No había nada junto, que hiciera ruido, ni cosa alguna que se moviera, ni se agitara, ni hiciera ruido en el cielo.

No había nada que estuviera en pie; sólo el agua en reposo, el mar apacible, solo y tranquilo. No había nada dotado de existencia.

Solamente había inmovilidad y silencio en la oscuridad, en la noche. Sólo el Creador, el Formador, Tepeu, Gucumatz, los Progenitores, estaban en el agua rodeados de claridad.[1] Estaban ocultos bajo plumas verdes y azules,[2] por eso se les llama Gucumatz. De grandes sabios, de grandes pensadores es su naturaleza. De esta manera existía el cielo y también el Corazón del Cielo, que éste es el nombre de Dios. Así contaban.

Llegó aquí entonces la palabra, vinieron juntos Tepeu y Gucumatz, en la oscuridad, en la noche, y hablaron entre sí Tepeu y Gucumatz. Hablaron, pues, consultando entre sí y meditando; se pusieron de acuerdo, juntaron sus palabras y su pensamiento.

23

Entonces se manifestó con claridad, mientras meditaban, que cuando amaneciera debía aparecer el hombre.[3] Entonces dispusieron la creación y crecimiento de los árboles y los bejucos y el nacimiento de la vida y la creación del hombre. Se dispuso así en las tinieblas y en la noche por el Corazón del Cielo, que se llama *Huracán*.

El primero se llama *Caculhá Huracán*. El segundo es *Chipi-Caculhá*. El tercero es *Raxa-Caculhá*. Y estos tres son el Corazón del Cielo.[4]

Entonces vinieron juntos Tepeu y Gucumatz; entonces conferenciaron sobre la vida y la claridad, cómo se hará para que aclare y amanezca, quién será el que produzca el alimento y el sustento.

—¡Hágase así! ¡Que se llene el vacío! ¡Que esta agua se retire y desocupe [el espacio], que surja la tierra y que se afirme! Así dijeron. ¡Que aclare, que amanezca en el cielo y en la tierra! No habrá gloria ni grandeza en nuestra creación y formación hasta que exista la criatura humana, el hombre formado. Así dijeron.

Luego la tierra fue creada por ellos. Así fue en verdad como se hizo la creación de la tierra: —·Tierra!, dijeron, y al instante fue hecha.

Como la neblina, como la nube y como una polvareda fue la creación, cuando surgieron del agua las montañas; y al instante crecieron las montañas.

Solamente por un prodigio, sólo por arte mágica se realizó la formación de las montañas y los valles; y al instante brotaron juntos los cipresales y pinares en la superficie.

Y así se llenó de alegría Gucumatz, diciendo: —¡Buena ha sido tu venida, Corazón del Cielo; tú, Huracán, y tú, Chipi-Caculhá, Raxa-Caculhá!

—Nuestra obra, nuestra creación será terminada, contestaron.

Primero se formaron la tierra, las montañas y los valles; se dividieron las corrientes de agua, los arroyos se fueron corriendo libremente entre los cerros, y las aguas quedaron separadas cuando aparecieron las altas montañas.

Así fue la creación de la tierra, cuando fue formada por el Corazón del Cielo, el Corazón de la Tierra, que así son llamados los que primero la fecundaron, cuando el cielo estaba en suspenso y la tierra se hallaba sumergida dentro del agua.

De esta manera se perfeccionó la obra, cuando la ejecutaron después de pensar y meditar sobre su feliz terminación.

CAPÍTULO II

LUEGO hicieron a los animales pequeños del monte, los guardianes de todos los bosques, los genios de la montaña,[5] los venados, los pájaros, leones, tigres, serpientes, culebras, cantiles [víboras], guardianes de los bejucos.

Y dijeron los Progenitores: —¿Sólo silencio e inmovilidad habrá bajo los árboles y los bejucos? Conviene que en lo sucesivo haya quien los guarde.

Así dijeron cuando meditaron y.hablaron en seguida. Al punto fueron creados los venados y las aves. En seguida les repartieron sus moradas a los venados y a las aves. —Tú, venado, dormirás en la vega de los ríos y en los barrancos. Aquí estarás entre la maleza, entre las hierbas; en el bosque os multiplicaréis, en cuatro pies andaréis y os sostendréis. Y así como se dijo, así se hizo.

Luego designaron también su morada a los pájaros pequeños y a las aves mayores: —Vosotros, pájaros, habitaréis sobre los árboles y los bejucos, allí haréis vuestros nidos, allí os multiplicaréis, allí os sacudiréis en las ramas de los árboles y de los bejucos. Así les fue dicho a los venados y a los pájaros para que hicieran lo que debían hacer, y todos tomaron sus habitaciones y sus nidos.

De esta manera los Progenitores les dieron sus habitaciones a los animales de la tierra.

Y estando terminada la creación de todos los cuadrúpedos y las aves, les fue dicho a los cuadrúpedos y pájaros por el Creador y Formador y los Progenitores: —Hablad, gritad, gorjead, llamad, hablad cada uno según vuestra especie, según la variedad de cada uno. Así les fue dicho a los venados, los pájaros, leones, tigres y serpientes.

—Decid, pues, nuestros nombres, alabadnos a nosotros, vuestra madre, vuestro padre. ¡Invocad, pues, a Huracán, Chipi-Caculhá, Raxa-Caculhá, el Corazón del Cielo, el Corazón de la Tierra, el Creador, el Formador, los Progenitores; hablad, invocadnos, adoradnos!, les dijeron.

Pero no se pudo conseguir que hablaran como los hombres; sólo chillaban, cacareaban y graznaban; no se manifestó la forma de su lenguaje, y cada uno gritaba de manera diferente.

Cuando el Creador y el Formador vieron que no era posible que hablaran, se dijeron entre sí: —No ha sido posible que ellos digan nuestro nombre, el de nosotros, sus creadores y formadores. Esto no está bien, dijeron entre sí los Progenitores.

Entonces se les dijo: —Seréis cambiados porque no se ha conseguido que habléis. Hemos cambiado de parecer: vuestro alimento, vuestra pastura, vuestra habitación y vuestros nidos los tendréis, serán los barrancos y los bosques, porque no se ha podido lograr que nos adoréis ni nos invoquéis. Todavía hay quienes nos adoren, haremos otros [seres] que sean obedientes. Vosotros, aceptad vuestro destino: vuestras carnes serán trituradas. Así será. Ésta será vuestra suerte. Así dijeron cuando hicieron saber su voluntad a los animales pequeños y grandes que hay sobre la faz de la tierra.

Luego quisieron probar suerte nuevamente, quisieron hacer otra tentativa y quisieron probar de nuevo a que los adoraran.

Pero no pudieron entender su lenguaje entre ellos mismos, nada pudieron conseguir y nada pudieron hacer. Por esta razón fueron inmoladas sus carnes y fueron condenados a ser comidos y matados los animales que existen sobre la faz de la tierra.

Así, pues, hubo que hacer una nueva tentativa de crear y formar al hombre por el Creador, el Formador y los Progenitores.

—¡A probar otra vez! Ya se acercan el amanecer y la aurora; ¡hagamos al que nos sustentará y alimentará! ¿Cómo haremos para ser invocados, para ser recordados sobre la tierra? Ya hemos probado con nuestras primeras obras, nuestras primeras criaturas; pero no se pudo lograr que fuésemos alabados y venerados por ellos. Probemos ahora a hacer unos seres obedientes, respetuosos, que nos sustenten y alimenten. Así dijeron.

Entonces fue la creación y la formación. De tierra, de lodo hicieron la carne [del hombre]. Pero vieron que no estaba bien, porque se deshacía, estaba blando, no tenía movimiento, no tenía fuerza, se caía, estaba aguado, no movía la cabeza, la cara se le iba para un lado, tenía velada la vista, no podía ver ha-

27

cia atrás. Al principio hablaba, pero no tenía entendimiento. Rápidamente se humedeció dentro del agua y no se pudo sostener.

Y dijeron el Creador y el Formador. Bien se ve que no puede andar ni multiplicarse. Que se haga una consulta acercá de esto, dijeron.

Entonces desbarataron y deshicieron su obra y su creación. Y en seguida dijeron: —¿Cómo haremos para perfeccionar, para que salgan bien nuestros adoradores, nuestros invocadores?

Así dijeron cuando de nuevo consultaron entre sí: —Digámosles a Ixpiyacoc, Ixmucané, Hunahpú-Vuch, Hunahpú-Utiú: ¡Probad suerte otra vez! ¡Probad a hacer la creación! Así dijeron entre sí el Creador y el Formador cuando hablaron a Ixpiyacoc e Ixmucané.

En seguida les hablaron a aquellos adivinos, la abuela del día, la abuela del alba,[6] que así eran llamados por el Creador y el Formador, y cuyos nombres eran Ixpiyacoc e Ixmucané.

Y dijeron Huracán, Tepeu y Gucumatz cuando le hablaron al agorero, al formador, que son los adivinos: —Hay que reunirse y encontrar los medios para que el hombre que formemos, el hombre que vamos a crear nos sostenga y alimente, nos invoque y se acuerde de nosotros.

—Entrad, pues, en consulta, abuela, abuelo, nuestra abuela, nuestro abuelo, Ixpiyacoc, Ixmucané, haced que aclare, que amanezca, que seamos invocados, que seamos adorados, que seamos recordados por el hombre creado, por el hombre formado, por el hombre mortal, haced que así se haga.

—Dad a conocer vuestra naturaleza, Hunahpú-Vuch, Hunahpú-Utiú, dos veces madre, dos veces padre,[7] Nim-Ac, Nimá-Tziís, el Señor de la esmeral-

28

da, el joyero, el escultor, el tallador, el Señor de los hermosos platos, el Señor de la verde jícara, el maestro de la resina, el maestro Toltecat,[8] la abuela del sol, la abuela del alba, que así seréis llamados por nuestras obras y nuestras criaturas.

—Echad la suerte con vuestros granos de maíz y de tzité.[9] Hágase así y se sabrá y resultará si labraremos o tallaremos su boca y sus ojos en madera. Así les fue dicho a los adivinos.

A continuación vino la adivinación, la echada de la suerte con el maíz y el tzité. —¡Suerte! ¡Criatura!, les dijeron entonces una vieja y un viejo. Y este viejo era el de las suertes del tzité, el llamado Ixpiyacoc.[10] Y la vieja era la adivina, la formadora, que se llamaba Chiracán Ixmucané.

Y comenzando la adivinación, dijeron así: —¡Juntaos, acoplaos! ¡Hablad, que os oigamos, decid, declarad si conviene que se junte la madera y que sea labrada por el Creador y el Formador, y si éste [el hombre de madera] es el que nos ha de sustentar y alimentar cuando aclare, cuando amanezca!

Tú, maíz, tú, tzité; tú, suerte; tú, criatura: ¡uníos, ayuntaos!, les dijeron al maíz, al tzité, a la suerte, a la criatura. ¡Ven a sacrificar aquí, Corazón del Cielo; no castigues a Tepeu y Gucumatz!

Entonces hablaron y dijeron la verdad: —Buenos saldrán vuestros muñecos hechos de madera; hablarán y conversarán sobre la faz de la tierra.

—¡Así sea!, contestaron, cuando hablaron.

Y al instante fueron hechos los muñecos labrados en madera. Se parecían al hombre, hablaban como el hombre y poblaron la superficie de la tierra.

Existieron y se multiplicaron; tuvieron hijas, tuvieron hijos los muñecos de palo; pero no tenían alma, ni entendimiento, no se acordaban de su

Creador, de su Formador; caminaban sin rumbo y andaban a gatas.

Ya no se acordaban del Corazón del Cielo y por eso cayeron en desgracia. Fue solamente un ensayo, un intento de hacer hombres. Hablaban al principio, pero su cara estaba enjuta; sus pies y sus manos no tenían consistencia; no tenían sangre, ni sustancia, ni humedad, ni gordura; sus mejillas estaban secas, secos sus pies y sus manos, y amarillas sus carnes.

Por esta razón ya no pensaban en el Creador ni en el Formador, en los que les daban el ser y cuidaban de ellos.

Éstos fueron los primeros hombres que en gran número existieron sobre la faz de la tierra.

CAPÍTULO III

En seguida fueron aniquilados, destruidos y deshechos los muñecos de palo, y recibieron la muerte.

Una inundación fue producida por el Corazón del Cielo; un gran diluvio se formó, que cayó sobre las cabezas de los muñecos de palo.

De tzité se hizo la carne del hombre, pero cuando la mujer fue labrada por el Creador y el Formador, se hizo de espadaña [11] la carne de la mujer. Estos materiales quisieron el Creador y el Formador que entraran en su composición.

Pero no pensaban, no hablaban con su Creador y su Formador, que los habían hecho, que los habían creado. Y por esta razón fueron muertos, fueron anegados. Una resina abundante vino del cielo. El llamado *Xecotcovach* llegó y les vació los ojos; *Camalotz* vino a cortarles la cabeza; y vino *Cotzbalam* y les devoró las carnes. El *Tucumbalam* llegó también y les quebró y magulló los huesos y los nervios, les molió y desmoronó los huesos.

Y esto fue para castigarlos porque no habían pensado en su madre, ni en su padre, el Corazón del Cielo, llamado Huracán. Y por este motivo se oscureció la faz de la tierra y comenzó una lluvia negra, una lluvia de día, una lluvia de noche.

Llegaron entonces los animales pequeños, los animales grandes, y los palos y las piedras les golpearon las caras. Y se pusieron todos a hablar; sus tinajas, sus comales,[12] sus platos, sus ollas, sus perros, sus piedras de moler,[18] todos se levantaron y les golpearon las caras.

—Mucho mal nos hacíais; nos comíais, y nosotros ahora os morderemos, les dijeron sus perros y sus aves de corral.[14]

Y las piedras de moler: —Éramos atormentadas por vosotros; cada día, cada día, de noche, al amanecer, todo el tiempo hacían *holi, holi huqui, huqui* nuestras caras, a causa de vosotros.[15] Éste era el tributo que os pagábamos. Pero ahora que habéis dejado de ser hombres probaréis nuestras fuerzas. Moleremos y reduciremos a polvo vuestras carnes, les dijeron sus piedras de moler.

Y he aquí que sus perros hablaron y les dijeron: —¿Por qué no nos dabais nuestra comida? Apenas estábamos mirando y ya nos arrojabais de vuestro lado y nos echabais fuera. Siempre teníais listo un palo para pegarnos mientras comíais.

Así era como nos tratabais. Nosotros no podíamos hablar. Quizás no os diéramos muerte ahora; pero ¿por qué no reflexionabais, por qué no pensabais en vosotros mismos? Ahora nosotros os destruiremos, ahora probaréis vosotros los dientes

31

que hay en nuestra boca: os devoraremos, dijeron los perros, y luego les destrozaron las caras.

Y a su vez sus comales, sus ollas les hablaron así: —Dolor y sufrimiento nos causabais. Nuestra boca y nuestras caras estaban tiznadas, siempre estábamos puestos sobre el fuego y nos quemabais como si no sintiéramos dolor. Ahora probaréis vosotros, os quemaremos, dijeron sus ollas, y todos les destrozaron las caras. Las piedras del hogar, que estaban amontonadas, se arrojaron directamente desde el fuego contra sus cabezas causándoles dolor.[16]

Desesperados corrían de un lado para otro; querían subirse sobre las casas y las casas se caían y los arrojaban al suelo; querían subirse sobre los árboles y los árboles los lanzaban a lo lejos; querían entrar en las cavernas y las cavernas se cerraban ante ellos.

Así fue la ruina de los hombres que habían sido creados y formados, de los hombres hechos para ser destruidos y aniquilados: a todos les fueron destrozadas las bocas y las caras.

Y dicen que la descendencia de aquéllos son los monos que existen ahora en los bosques; éstos son la muestra de aquéllos, porque sólo de palo fue hecha su carne por el Creador y el Formador.[17]

Y por esta razón el mono se parece al hombre, es la muestra de una generación de hombres creados, de hombres formados que eran solamente muñecos y hechos solamente de madera.

CAPÍTULO IV

HABÍA entonces muy poca claridad sobre la faz de la tierra. Aún no había sol. Sin embargo, había un ser orgulloso de sí mismo que se llamaba Vucub-Caquix.[18]

Existían ya el cielo y la tierra, pero estaba cubierta la faz del sol y de la luna.

Y decía (Vucub-Caquix): —Verdaderamente, son una muestra clara de aquellos hombres que se ahogaron y su naturaleza es como la de seres sobrenaturales.[19]

—Yo seré grande ahora sobre todos los seres creados y formados. Yo soy el sol, soy la claridad, la luna, exclamó. Grande es mi esplendor. Por mí caminarán y vencerán los hombres. Porque de plata son mis ojos, resplandecientes como piedras preciosas, como esmeraldas; mis dientes brillan como piedras finas, semejantes a la faz del cielo. Mi nariz brilla de lejos como la luna, mi trono es de plata y la faz de la tierra se ilumina cuando salgo frente a mi trono.

Así, pues, yo soy el sol, yo soy la luna, para el linaje humano. Así será porque mi vista alcanza muy lejos.

De esta manera hablaba Vucub-Caquix. Pero en realidad, Vucub-Caquix no era el sol; solamente se vanagloriaba de sus plumas y riquezas. Pero su vista alcanzaba solamente el horizonte y no se extendía sobre todo el mundo.

Aún no se le veía la cara al sol, ni a la luna, ni a las estrellas, y aún no había amanecido. Por esta razón Vucub-Caquix se envanecía como si él fuera el sol y la luna, porque aún no se había manifestado ni se ostentaba la claridad del sol y de la luna. Su única ambición era engrandecerse y dominar. Y fue entonces cuando ocurrió el diluvio a causa de los muñecos de palo.

Ahora contaremos cómo murió Vucub-Caquix y fue vencido, y cómo fue hecho el hombre por el Creador y Formador.

CAPÍTULO V

ÉSTE es el principio de la derrota y de la ruina de la gloria de Vucub-Caquix por los dos muchachos, el primero de los cuales se llamaba *Hunahpú* y el segundo *Ixbalanqué*. Éstos eran dioses verdaderamente. Como veían el mal que hacía el soberbio, y que quería hacerlo en presencia del Corazón del Cielo, se dijeron los muchachos:

—No está bien que esto sea así, cuando el hombre no vive todavía aquí sobre la tierra. Así, pues, probaremos a tirarle con la cerbatana cuando esté comiendo; le tiraremos y le causaremos una enfermedad, y entonces se acabarán sus riquezas, sus piedras verdes, sus metales preciosos, sus esmeraldas, sus alhajas de que se enorgullece. Y así lo harán todos los hombres, porque no deben envanecerse por el poder ni la riqueza.

—Así será, dijeron los muchachos, echándose cada uno su cerbatana al hombro.

Ahora bien, este Vucub-Caquix tenía dos hijos: el primero se llamaba *Zipacná*, el segundo era *Cabracán*; y la madre de los dos se llamaba *Chimalmat*, la mujer de Vucub-Caquix.

Zipacná jugaba a la pelota con los grandes montes: el *Chigag, Hunahpú, Pecul, Yaxcanul, Macamob* y *Huliznab*. Éstos son los nombres de los montes que existían cuando amaneció y que fueron creados en una sola noche por Zipacná.

Cabracán movía los montes y por él temblaban las montañas grandes y pequeñas.

De esta manera proclamaban su orgullo los hijos de Vucub-Caquix: —¡Oíd! ¡Yo soy el sol!, decía Vucub-Caquix. —¡Yo soy el que hizo la tierra!, decía Zipacná. —¡Yo soy el que sacudo el cielo y conmuevo toda la tierra!, decía Cabracán. Así era como los hijos de Vucub-Caquix le disputaban a su padre la grandeza. Y esto les parecía muy mal a los muchachos.

Aún no había sido creada nuestra primera madre, ni nuestro primer padre.

Por tanto, fue resuelta su muerte [de Vucub-Caquix y de sus hijos] y su destrucción, por los dos jóvenes.

CAPÍTULO VI

CONTAREMOS ahora el tiro de cerbatana que dispararon los dos muchachos contra Vucub-Caquix, y la destrucción de cada uno de los que se habían ensoberbecido.

Vucub-Caquix tenía un gran árbol de nance, cuya fruta era la comida de Vucub-Caquix. Éste venía cada día junto al nance y se subía a la cima del árbol. Hunahpú e Ixbalanqué habían visto que ésa era su comida. Y habiéndose puesto en acecho de Vucub-Caquix al pie del árbol, escondidos entre las hojas, llegó Vucub-Caquix directamente a su comida de nances.

En este momento fue herido por un tiro de cerbatana de Hun-Hunahpú,[20] que le dio precisamente en la quijada, y dando gritos se vino derecho a tierra desde lo alto del árbol.

Hun-Hunahpú corrió apresuradamente para apoderarse de él, pero Vucub-Caquix le arrancó el brazo a Hun-Hunahpú y tirando de él lo dobló desde la punta hasta el hombro. Así le arrancó [el brazo] Vucub-Caquix a Hun-Hunahpú. Ciertamente hicieron bien los muchachos no dejándose vencer primero por Vucub-Caquix.

Llevando el brazo de Hun-Hunahpú se fue Vucub-Caquix para su casa, a donde llegó sosteniéndose la quijada.

—¿Qué os ha sucedido, Señor? —dijo Chimalmat, la mujer de Vucub-Caquix.

—¿Qué ha de ser, sino aquellos dos demonios que me tiraron con cerbatana y me desquiciaron la quijada? A causa de ello se me menean los dientes y me duelen mucho. Pero yo he traído [su brazo] para ponerlo sobre el fuego. Allí que se quede colgado y suspendido sobre el fuego, porque de seguro vendrán a buscarlo esos demonios. Así habló Vucub-Caquix mientras colgaba el brazo de Hun-Hunahpú.

Habiendo meditado Hun-Hunahpú e Ixbalanqué, se fueron a hablar con un viejo que tenía los cabellos completamente blancos y con una vieja, de verdad muy vieja y humilde, ambos doblados ya como gentes muy ancianas. Llamábase el viejo Zaqui-Nim-Ac y la vieja Zaqui-Nimá-Tziís.[21] Los muchachos les dijeron a la vieja y al viejo:

—Acompañadnos para ir a traer nuestro brazo a casa de Vucub-Caquix. Nosotros iremos detrás. "Éstos que nos acompañan son nuestros nietos; su madre y su padre ya son muertos; por esta razón ellos van a todas partes tras de nosotros, a donde nos dan limosna, pues lo único que nosotros sabemos hacer es sacar el gusano de las muelas." Así les diréis.

De esta manera, Vucub-Caquix nos verá como a muchachos y nosotros también estaremos allí para aconsejaros, dijeron los dos jóvenes.

—Está bien —contestaron los viejos.

A continuación se pusieron en camino para el lugar donde se encontraba Vucub-Caquix recostado en su trono. Caminaban la vieja y el viejo seguidos de los dos muchachos, que iban jugando tras ellos. Así llegaron al pie de la casa del Señor, quien estaba gritando a causa de las muelas.

Al ver Vucub-Caquix al viejo y a la vieja y a los que los acompañaban, les preguntó el Señor:

—¿De dónde venís, abuelos?

—Andamos buscando de qué alimentarnos, respetable Señor, contestaron aquéllos.

—¿Y cuál es vuestra comida? ¿No son vuestros hijos éstos que os acompañan?

—¡Oh, no, Señor! Son nuestros nietos; pero les tenemos lástima, y lo que a nosotros nos dan lo compartimos con ellos, Señor, contestaron la vieja y el viejo.

Mientras tanto, se moría el Señor del dolor de muelas y sólo con gran dificultad podía hablar.

—Yo os ruego encarecidamente que tengáis lástima de mí. ¿Qué podéis hacer? ¿Qué es lo que sabéis curar?, les preguntó el Señor. Y los viejos contestaron:

—¡Oh, Señor, nosotros sólo sacamos el gusano de las muelas, curamos los ojos y ponemos los huesos en su lugar.

—Está muy bien. Curadme los dientes, que verdaderamente me hacen sufrir día y noche, y a causa de ellos y de mis ojos no tengo sosiego y no puedo dormir. Todo esto se debe a que dos demonios me tiraron un bodocazo, y por eso no puedo comer. Así, pues, tened piedad de mí, apretadme los dientes con vuestras manos.

—Muy bien, Señor. Un gusano es el que os hace sufrir. Bastará con sacar esos dientes y poneros otros en su lugar.

—No está bien que me saquéis los dientes, porque sólo así soy Señor y todo mi ornamento son mis dientes y mis ojos.

—Nosotros os pondremos otros en su lugar, hechos de hueso molido. Pero el hueso molido no eran más que granos de maíz blanco.

—Está bien, sacadlos, venid a socorredme, replicó.

Sacáronle entonces los dientes a Vucub-Caquix; y en su lugar le pusieron solamente granos de maíz blanco, y estos granos de maíz le brillaban en la boca. Al instante decayeron sus facciones y ya no parecía Señor. Luego acabaron de sacarle los dientes que le brillaban en la boca como perlas. Y por último le curaron los ojos a Vucub-Caquix reventándole las niñas de los ojos y acabaron de quitarle todas sus riquezas.

Pero nada sentía ya. Sólo se quedó mirando mientras por consejo de Hunahpú e Ixbalanqué acababan de despojarlo de las cosas de que se enorgullecía.

Así murió Vucub-Caquix. Luego recuperó su brazo Hunahpú. Y murió también Chimalmat, la mujer de Vucub-Caquix.

Así se perdieron las riquezas de Vucub-Caquix. El médico se apoderó de todas las esmeraldas y piedras preciosas que habían sido su orgullo aquí en la tierra.

La vieja y el viejo que estas cosas hicieron eran seres maravillosos. Y habiendo recuperado el brazo, volvieron a ponerlo en su lugar y quedó bien otra vez.

Solamente para lograr la muerte de Vucub-Caquix

quisieron obrar de esta manera, porque les pareció mal que se enorgulleciera.

Y en seguida se marcharon los dos muchachos, habiendo ejecutado así la orden del Corazón del Cielo.

CAPÍTULO VII

HE AQUÍ ahora los hechos de Zipacná, el primer hijo de Vucub-Caquix.

—Yo soy el creador de las montañas, decía Zipacná.

Este Zipacná se estaba bañando a la orilla de un río cuando pasaron cuatrocientos muchachos,[22] que llevaban arrastrando un árbol para sostén de su casa. Los cuatrocientos caminaban después de haber cortado un gran árbol para viga madre de su casa.

Llegó entonces Zipacná y dirigiéndose hacia donde estaban los cuatrocientos muchachos, les dijo:

—¿Qué estáis haciendo, muchachos?

—Sólo es este palo, respondieron, que no lo podemos levantar y llevar en hombros.

—Yo lo llevaré. ¿A dónde ha de ir? ¿Para qué lo queréis?

—Para viga madre de nuestra casa.

—Está bien, contestó, y levantándolo se lo echó al hombro y lo llevó hacia la entrada de la casa de los cuatrocientos muchachos.

—Ahora quédate con nosotros, muchacho, le dijeron. ¿Tienes madre o padre?

—No tengo, contestó.

—Entonces te ocuparemos mañana para preparar otro palo para sostén de nuestra casa.

—Bueno, contestó.

39

Los cuatrocientos muchachos conferenciaron en seguida y dijeron:

—¿Cómo haremos con este muchacho para matarlo? Porque no está bien lo que ha hecho levantando él solo el palo. Hagamos un gran hoyo y echémoslo para hacerlo caer en él. "Baja a sacar y traer tierra del hoyo", le diremos, y cuando se haya agachado para bajar a la excavación le dejaremos caer el palo grande y allí en el hoyo morirá.

Así dijeron los cuatrocientos muchachos y luego abrieron un gran hoyo muy profundo. En seguida llamaron a Zipacná.

—Nosotros te queremos bien. Anda, ven a cavar la tierra porque nosotros ya no alcanzamos, le dijeron.

—Está bien, contestó. En seguida bajó al hoyo. Y llamándolo mientras estaba cavando la tierra, le dijeron: —¿Has bajado ya muy hondo?

—Sí, contestó, mientras comenzaba a abrir el hoyo, pero el hoyo que estaba haciendo era para librarse del peligro. Él sabía que lo querían matar; por eso, al abrir el hoyo, hizo, hacia un lado, una segunda excavación para librarse.

—¿Hasta dónde vas?, gritaron hacia abajo los cuatrocientos muchachos.

—Todavía estoy cavando; yo os llamaré allí arriba cuando esté terminada la excavación, dijo Zipacná desde el fondo del hoyo. Pero no estaba cavando su sepultura, sino que estaba abriendo otro hoyo para salvarse.

Por último los llamó Zipacná; pero cuando llamó ya se había puesto en salvo dentro del hoyo.

—Venid a sacar y llevaros la tierra que he arrancado y está en el asiento del hoyo, porque en verdad lo he ahondado mucho. ¿No oís mi llamada? Y sin embargo, vuestros gritos, vuestras palabras, se repiten como un eco una y dos veces, y así oiga bien dónde estáis. Esto decía Zipacná desde el hoyo donde estaba escondido, gritando desde el fondo.

Entonces los muchachos arrojaron violentamente su gran palo, que cayó en seguida con estruendo al fondo del hoyo.

—¡Que nadie hable! Esperemos hasta oír sus gritos cuando muera, se dijeron entre sí, hablando en secreto y cubriéndose cada uno la cara, mientras caía el palo con estrépito. [Zipacná] habló entonces lanzando un grito, pero llamó una sola vez cuando cayó el palo en el fondo.

—¡Qué bien nos ha salido lo que le hicimos! Ya murió, dijeron los jóvenes. Si desgraciadamente hubiera continuado lo que había comenzado a hacer, estaríamos perdidos, porque ya se había metido entre nosotros, los cuatrocientos muchachos.

Y llenos de alegría dijeron: —Ahora vamos a fabricar nuestra chicha durante estos tres días. Pasados estos tres días beberemos por la construcción de nuestra casa, nosotros los cuatrocientos muchachos. Luego dijeron: —Mañana veremos y pasado mañana veremos también si no vienen las hormigas entre la tierra cuando hieda y se pudra. En seguida se tranquilizará nuestro corazón y beberemos nuestra chicha, dijeron.

Zipacná escuchaba desde el hoyo todo lo que hablaban los muchachos. Y luego, al segundo día, llegaron las hormigas en montón, yendo y viniendo y juntándose debajo del palo. Unas traían en la boca los cabellos y otras las uñas de Zipacná.

Cuando vieron esto los muchachos, dijeron: —¡Ya pereció aquel demonio! Mirad cómo se han juntado las hormigas, cómo han llegado por montones, trayendo unas los cabellos y otras las uñas. ¡Mirad lo que hemos hecho! Así hablaban entre sí.

Sin embargo, Zipacná estaba bien vivo. Se había cortado los cabellos de la cabeza y se había roído las uñas con los dientes para dárselos a las hormigas.

Y así los cuatrocientos muchachos creyeron que había muerto, y al tercer día dieron principio a la orgía y se emborracharon todos los muchachos. Y estando ebrios los cuatrocientos muchachos, ya no sentían nada. En seguida Zipacná dejó caer la casa sobre sus cabezas y acabó de matarlos a todos.

Ni siquiera uno, ni dos se salvaron de entre los cuatrocientos muchachos; muertos fueron por Zipacná, el hijo de Vucub-Caquix.

Así fue la muerte de los cuatrocientos muchachos, y se cuenta que entraron en el grupo de estrellas que por ellos se llama *Motz*, aunque esto tal vez será mentira.

CAPÍTULO VIII

CONTAREMOS ahora la derrota de Zipacná por los dos muchachos Hunahpú e Ixbalanqué.

Ahora sigue la derrota y muerte de Zipacná, cuando fue vencido por los dos muchachos Hunahpú e Ixbalanqué.

El corazón de los dos jóvenes estaba lleno de rencor porque los cuatrocientos muchachos habían sido muertos por Zipacná. Y éste sólo buscaba pescados y cangrejos a la orilla de los ríos, que ésta era su comida de cada día. Durante el día se paseaba buscando su comida y de noche se echaba los cerros a cuestas.

En seguida Hunahpú e Ixbalanqué hicieron una

figura a imitación de un cangrejo muy grande, y le dieron la apariencia de tal con una hoja de *pie de gallo*,[23] del que se encuentra en los bosques.

Así hicieron la parte inferior del cangrejo; de *pahac*[24] le hicieron las patas y le pusieron una concha de piedra que le cubrió la espalda al cangrejo. Luego pusieron esta [especie de] tortuga, al pie de un gran cerro llamado *Meauán*,[25] donde lo iban a vencer [a Zipacná].

A continuación se fueron los muchachos a hacerle encuentro a Zipacná a la orilla de un río.

—¿A dónde vas, muchacho?, le preguntaron a Zipacná.

—No voy a ninguna parte, sólo ando buscando mi comida, muchachos, contestó Zipacná.

—¿Y cuál es tu comida?

—Pescado y cangrejos, pero aquí no los hay y no he hallado ninguno; desde antier no he comido y ya no aguanto el hambre, dijo Zipacná a Hunahpú e Ixbalanqué.

—Allá en el fondo del barranco está un cangrejo, verdaderamente un gran cangrejo y ¡bien que te lo comieras! Sólo que nos mordió cuando lo quisimos coger y por eso le tenemos miedo. Por nada iríamos a cogerlo, dijeron Hunahpú e Ixbalanqué.

—¡Tened lástima de mí! Venid y enseñádmelo, muchachos, dijo Zipacná.

—No queremos. Anda tú solo, que no te perderás. Sigue por la vega del río y llegarás al pie de un gran cerro, allí está haciendo ruido en el fondo del barranco. Sólo tienes que llegar allá, le dijeron Hunahpú e Ixbalanqué.

—¡Ay, desgraciado de mí! ¿No lo podéis encontrar vosotros, pues, muchachos? Venid a enseñármelo. Hay muchos pájaros que podéis tirar con la cerbatana, y yo sé dónde se encuentran, dijo Zipacná.

Su humildad convenció a los muchachos. Y éstos le dijeron: —Pero ¿de veras lo podrás coger? Porque sólo por causa tuya volveremos; nosotros ya no lo intentaremos porque nos mordió cuando íbamos entrando boca abajo. Luego tuvimos miedo al entrar arrastrándonos, pero en poco estuvo que lo cogiéramos. Así, pues, es bueno que tú entres arrastrándote, le dijeron.

—Está bien, dijo Zipacná, y entonces se fue en su compañía. Llegaron al fondo del barranco, y allí, tendido sobre el costado, estaba el cangrejo mostrando su concha colorada. Y allí también, en el fondo del barranco, estaba el engaño de los muchachos.

—¡Qué bueno!, dijo entonces Zipacná con alegría. ¡Quisiera tenerlo ya en la boca! Y era que verdaderamente se estaba muriendo de hambre. Quiso probar a ponerse de bruces, quiso entrar, pero el cangrejo iba subiendo. Salióse en seguida y los muchachos le preguntaron:

—¿No lo cogiste?

—No, contestó, porque se fue para arriba y poco me faltó para cogerlo. Pero tal vez sería bueno que yo entrara para arriba, agregó. Y luego entró de nuevo hacia arriba, pero cuando ya casi había acabado de entrar y sólo mostraba la punta de los pies, se derrumbó el gran cerro y le cayó lentamente sobre el pecho.

Nunca más volvió Zipacná y fue convertido en piedra.

Así fue vencido Zipacná por los muchachos Hunahpú e Ixbalanqué; aquel que, según la antigua tradición, hacía las montañas, el hijo primogénito de Vucub-Caquix.

44

Al pie del cerro llamado Meauán fue vencido. Sólo por un prodigio fue vencido el segundo de los soberbios. Quedaba otro, cuya historia contaremos ahora.

CAPÍTULO IX

EL TERCERO de los soberbios era el segundo hijo de Vucub-Caquix, que se llamaba Cabracán.

—¡Yo derribo las montañas!, decía.

Pero Hunahpú e Ixbalanqué vencieron también a Cabracán. Huracán, Chipi-Caculhá y Raxa-Caculhá hablaron y dijeron a Hunahpú e Ixbalanqué:

—Que el segundo hijo de Vucub-Caquix sea también vencido. Ésta es nuestra voluntad. Porque no está bien lo que hace sobre la tierra, exaltando su gloria, su grandeza y su poder, y no debe ser así. Llevadle con halagos allá donde nace el sol, les dijo Huracán a los dos jóvenes.

—Muy bien, respetable Señor, contestaron éstos, porque no es justo lo que vemos. ¿Acaso no existes tú, tú que eres la paz, tú, Corazón del Cielo?, dijeron los muchachos mientras escuchaban la orden de Huracán.

Entre tanto, Cabracán se ocupaba en sacudir las montañas. Al más pequeño golpe de sus pies sobre la tierra, se abrían las montañas grandes y pequeñas. Así lo encontraron los muchachos, quienes preguntaron a Cabracán:

—¿A dónde vas, muchacho?

—A ninguna parte, contestó. Aquí estoy moviendo las montañas y las estaré derribando para siempre,[26] dijo en respuesta.

A continuación les preguntó Cabracán a Hunahpú e Ixbalanqué:

45

—¿Qué venís a hacer aquí? No conozco vuestras caras. ¿Cómo os llamáis?, dijo Cabracán.

—No tenemos nombre, contestaron aquéllos. No somos más que tiradores con cerbatana y cazadores con liga en los montes. Somos pobres y no tenemos nada que nos pertenezca, muchacho. Solamente caminamos por los montes pequeños y grandes, muchacho. Y precisamente hemos visto una gran montaña, allá donde se enrojece el cielo. Verdaderamente se levanta muy alto y domina la cima de todos los cerros. Así es que no hemos podido coger ni uno ni dos pájaros en ella, muchacho. Pero ¿es verdad que tú puedes derribar todas las montañas, muchacho?, le dijeron Hunahpú e Ixbalanqué a Cabracán.

—¿De veras habéis visto esa montaña que decís? ¿En dónde está? En cuanto yo la vea la echaré abajo. ¿Dónde la visteis?

—Por allá está, donde nace el sol, dijeron Hunahpú e Ixbalanqué.

—Está bien, enseñadme el camino, les dijo a los dos jóvenes.

—¡Oh, no!, contestaron éstos. Tenemos que llevarte en medio de nosotros: uno irá a tu mano izquierda y otro a tu mano derecha, porque tenemos nuestras cerbatanas, y si hubiere pájaros les tiraremos.

Y así iban alegres, probando sus cerbatanas; pero cuando tiraban con ellas, no usaban el bodoque de barro en el tubo de sus cerbatanas, sino que sólo con el soplo derribaban a los pájaros cuando les tiraban, de lo cual se admiraba grandemente Cabracán.

En seguida hicieron un fuego los muchachos y pusieron a asar los pájaros en el fuego, pero untaron uno de los pájaros con tizate,[27] lo cubrieron de una tierra blanca.

—Esto le daremos, dijeron, para que se le abra el apetito con el olor que despide. Este nuestro pájaro será su perdición. Así como la tierra cubre este pájaro por obra nuestra, así daremos con él en tierra y en tierra lo sepultaremos.

—Grande será la sabiduría de un ser creado, de un ser formado, cuando amanezca, cuando aclare, dijeron los muchachos.

—Como el deseo de comer un bocado es natural en el hombre, el corazón de Cabracán está ansioso, decían entre sí Hunahpú e Ixbalanqué.

Mientras estaban asando los pájaros, éstos se iban dorando al cocerse, y la grasa y el jugo que de ellos se escapaban despedían el olor más apetitoso. Cabracán sentía grandes ganas de comérselos; se le hacía agua la boca, bostezaba y la baba y la saliva le corrían a causa del olor excitante de los pájaros.

Luego les preguntó: —¿Qué es esa vuestra comida? Verdaderamente es agradable el olor que siento. Dadme un pedacito, les dijo.

Diéronle entonces un pájaro a Cabracán, el pájaro que sería su ruina. Y en cuanto acabó de comerlo se pusieron en camino y llegaron al oriente, adonde estaba la gran montaña. Pero ya entonces se le habían aflojado las piernas y las manos a Cabracán, ya no tenía fuerzas a causa de la tierra con que habían untado el pájaro que se comió, y ya no pudo hacerles nada a las montañas, ni le fue posible derribarlas.

En seguida lo amarraron los muchachos. Atáronle los brazos detrás de la espalda y le ataron también el cuello y los pies juntos. Luego lo botaron al suelo, y allí mismo lo enterraron.

De esta manera fue vencido Cabracán tan sólo por obra de Hunahpú e Ixbalanqué. No sería posible enumerar todas las cosas que éstos hicieron aquí en la tierra.

Ahora contaremos el nacimiento de Hunahpú e Ixbalanqué, habiendo relatado primeramente la destrucción de Vucub-Caquix con la de Zipacná y la de Cabracán aquí sobre la tierra.

SEGUNDA PARTE

CAPÍTULO PRIMERO

AHORA diremos también el nombre del padre de Hunahpú e Ixbalanqué. Dejaremos en la sombra su origen, y dejaremos en la oscuridad el relato y la historia del nacimiento de Hunahpú e Ixbalanqué. Sólo diremos la mitad, una parte solamente de la historia de su padre.

He aquí la historia. He aquí el nombre de *Hun-Hunahpú*, así llamado. Sus padres eran Ixpiyacoc e Ixmucané. De ellos nacieron, durante la noche,[1] *Hun-Hunahpú* y *Vucub-Hunahpú*, de Ixpiyacoc e Ixmucané.[2]

Ahora bien, Hun-Hunahpú había engendrado y tenía dos hijos, y de estos dos hijos, el primero se llamaba *Hunbatz* y el segundo *Hunchouén*.[3]

La madre de éstos se llamaba *Ixbaquiyalo*, así se llamaba la mujer de Hun-Hunahpú. Y el otro Vucub-Hunahpú no tenía mujer, era soltero.

Estos dos hijos, por su naturaleza, eran grandes sabios y grande era su sabiduría; eran adivinos aquí en la tierra, de buena índole y buenas costumbres. Todas las artes les fueron enseñadas a Hunbatz y Hunchouén, los hijos de Hun-Hunahpú. Eran flautistas, cantores, tiradores con cerbatana, pintores, escultores, joyeros, plateros: esto eran Hunbatz y Hunchouén.[4]

Ahora bien, Hun-Hunahpú y Vucub-Hunahpú se ocupaban solamente de jugar a los dados y a la pelota todos los días; y de dos en dos se disputaban los cuatro cuando se reunían en el juego de pelota.

Allí venía a observarlos el *Voc*,[5] el mensajero de Huracán, de Chipi-Caculhá, de Raxa-Caculhá; pero este Voc no se quedaba lejos de la tierra, ni lejos de *Xibalbá;* [6] y en un instante subía al cielo al lado de Huracán.

Estaban todavía aquí en la tierra cuando murió la madre de Hunbatz y Hunchouén.

Y habiendo ido a jugar a la pelota en el camino de Xibalbá, los oyeron *Hun-Camé* y *Vucub-Camé*, los Señores de Xibalbá.

—¿Qué están haciendo sobre la tierra? ¿Quiénes son los que la hacen temblar y hacen tanto ruido? ¡Que vayan a llamarlos! ¡Que vengan a jugar aquí a la pelota, donde los venceremos! Ya no somos respetados por ellos, ya no tienen consideración ni miedo a nuestra categoría, y hasta se ponen a pelear sobre nuestras cabezas, dijeron todos los de Xibalbá.

En seguida entraron todos en consejo. Los llamados *Hun-Camé* y *Vucub-Camé* eran los jueces supremos. A todos los Señores les señalaban sus funciones Hun-Camé y Vucub-Camé y a cada uno le señalaban sus atribuciones.

Xiquiripat y *Cuchumaquic*, eran los Señores de estos nombres. Éstos son los que causan los derrames de sangre de los hombres.

Otros se llamaban *Ahalpuh* y *Ahalganá*, también Señores. Y el oficio de éstos era hinchar a los hombres, hacerles brotar pus de las piernas y teñirles de amarillo la cara, lo que se llama *Chuganal*. Tal era el oficio de Ahalpuh y Ahalganá.

Otros eran el Señor *Chamiabac* y el Señor *Chamiaholom*, alguaciles de Xibalbá, cuyas varas eran de hueso. La ocupación de éstos era enflaquecer a los hombres hasta que los volvían sólo huesos y calaveras y se morían y se los llevaban con el vientre y los huesos estirados. Tal era el oficio de Chamiabac y Chamiaholom, así llamados.

Otros se llamaban el Señor *Ahalmez* y el Señor *Ahaltocob*. El oficio de éstos era hacer que a los hombres les sucediera alguna desgracia, ya cuando iban para la casa, o frente a ella, y que los encontraran heridos, tendidos boca arriba en el suelo y muertos. Tal era el oficio de Ahalmez y Ahaltocob, como les llamaban.

Venían en seguida otros Señores llamados *Xic* y *Patán*, cuyo oficio era causar la muerte a los hombres en los caminos, lo que se llama muerte repentina, haciéndoles llegar la sangre a la boca hasta que morían vomitando sangre. El oficio de cada uno de estos Señores era cargar con ellos, oprimirles la garganta y el pecho para que los hombres murieran en los caminos, haciéndoles llegar [la sangre] a la garganta cuando caminaban. Éste era el oficio de Xic y Patán.

Y habiéndose reunido en consejo, trataron de la manera de atormentar y castigar a Hun-Hunahpú y a Vucub-Hunahpú. Lo que deseaban los de Xibalbá eran los instrumentos de juego de Hun-Hunahpú y Vucub-Hunahpú, sus cueros,[7] sus anillos, sus guantes, la corona y la máscara,[8] que eran los adornos de Hun-Hunahpú y Vucub-Hunahpú.

Ahora contaremos su ida a Xibalbá y cómo dejaron tras de ellos a los hijos de Hun-Hunahpú, Hunbatz y Chouén, cuya madre había muerto.

Luego diremos cómo Hunbatz y Hunchouén fueron vencidos por Hunahpú e Ixbalanqué.

CAPÍTULO II

EN SEGUIDA fue la venida de los mensajeros de Hun-Camé y Vucub-Camé.

—Id, les dijeron, *Ahpop Achih*,[9] id a llamar a Hun-Hunahpú y Vucub-Hunahpú. "Venid con nosotros", les diréis. "Dicen los Señores que vengáis." Que vengan aquí a jugar a la pelota con nosotros, para que con ellos se alegren nuestras caras, porque verdaderamente nos causan admiración. Así, pues, que vengan, dijeron los Señores. Y que traigan acá sus instrumentos de juego, sus anillos, sus guantes, y que traigan también sus pelotas de caucho, dijeron los Señores. "Venid pronto, les diréis", les fue dicho a los mensajeros.

Y estos mensajeros eran buhos: *Chabi-Tucur, Huracán-Tucur, Caquix-Tucur* y *Holom-Tucur*,[10] Así se llamaban los mensajeros de Xibalbá.

Chabi-Tucur era veloz como una flecha; Huracán-Tucur tenía solamente una pierna; Caquix-Tucur tenía la espalda roja, y Holom-Tucur solamente tenía cabeza, no tenía piernas, pero sí tenía alas.

Los cuatro mensajeros tenían la dignidad de Ahpop-Achih. Saliendo de Xibalbá llegaron rápidamente, llevando su mensaje, al patio donde estaban jugando a la pelota Hun-Hunahpú y Vucub-Hunahpú, en el juego de pelota que se llamaba *Nim-Xob Carchah*.[11] Los buhos mensajeros se dirigieron al juego de la pelota y presentaron su mensaje, precisamente en el orden en que se lo dieron Hun-Camé, Vucub-Camé, Ahalpuh, Ahalganá, Chamiabac, Chamiaholom, Xiquiripat, Cuchumaquic, Ahalmez, Ahaltocob, Xic y Patán, que así se llamaban los Señores que enviaban su recado por medio de los buhos.

—¿De veras han hablado así los Señores Hun-Camé y Vucub-Camé? —Ciertamente han hablado así, y nosotros os tenemos que acompañar.

—"Que traigan todos sus instrumentos para el juego", han dicho los Señores.

—Está bien, dijeron los jóvenes. Aguardadnos, sólo vamos a despedirnos de nuestra madre.

Y habiéndose dirigido hacia su casa, le dijeron a su madre, pues su padre ya era muerto: —Nos vamos, madre nuestra, pero en vano será nuestra ida. Los mensajeros del Señor han venido a llevarnos. "Que vengan", han dicho, según manifiestan los enviados.

—Aquí se quedará en prenda nuestra pelota, agregaron. En seguida la fueron a colgar en el hueco que hacía el techo de la casa. Luego dijeron: —Ya volveremos a jugar. Y dirigiéndose a Hunbatz y Hunchouén les dijeron:

—Vosotros ocupaos de tocar la flauta y de cantar, de pintar, de esculpir; calentad nuestra casa y calentad el corazón de vuestra abuela.

Cuando se despidieron de su madre, se enterneció Ixmucané y echó a llorar. —No os aflijáis, nosotros nos vamos, pero todavía no hemos muerto, dijeron al partir Hun-Hunahpú y Vucub-Hunahpú.

En seguida se fueron Hun-Hunahpú y Vucub-Hunahpú y los mensajeros los llevaban por el camino. Así fueron bajando por el camino de Xibalbá, por unas escaleras muy inclinadas. Fueron bajando hasta que llegaron a la orilla de un río que corría rápidamente entre los barrancos llamados *Nu.zivan cul* y *Cuzivan*,[12] y pasaron por ellos. Luego pasaron por el río que corre entre jícaros espinosos. Los jícaros eran innumerables, pero ellos pasaron sin lastimarse.

Luego llegaron a la orilla de un río de sangre y lo atravesaron sin beber sus aguas; llegaron a otro río solamente de agua y no fueron vencidos. Pasaron adelante hasta que llegaron a donde se juntaban cuatro caminos y allí fueron vencidos, en el cruce de los cuatro caminos.

De estos cuatro caminos, uno era rojo, otro negro, otro blanco y otro amarillo. Y el camino negro les habló de esta manera: —Yo soy el que debéis tomar porque yo soy el camino del Señor. Así habló el camino.

Y allí fueron vencidos. Los llevaron por el camino de Xibalbá y cuando llegaron a la sala del consejo de los Señores de Xibalbá, ya habían perdido la partida.

Ahora bien, los primeros que estaban allí sentados eran solamente muñecos, hechos de palo, arreglados por los de Xibalbá.

A éstos los saludaron primero:

—¿Cómo estáis, Hun-Camé?, le dijeron al muñeco.

—¿Cómo estáis, Vucub-Camé?, le dijeron al hombre de palo. Pero éstos no les respondieron. Al punto soltaron la carcajada los Señores de Xibalbá y todos los demás Señores se pusieron a reír ruidosamente, porque sentían que ya los habían vencido, que habían vencido a Hun-Hunahpú y Vucub-Hunahpú. Y seguían riéndose.

Luego hablaron Hun-Camé y Vucub-Camé: —Muy bien, dijeron. Ya vinisteis. Mañana preparad la máscara, vuestros anillos y vuestros guantes, les dijeron.

—Venid a sentaros en nuestro banco, les dijeron. Pero el banco que les ofrecían era de piedra ardiente y en el banco se quemaron. Se pusieron a dar vueltas en el banco, pero no se aliviaron y si no se

54

hubieran levantado se les habrían quemado las asentaderas.

Los de Xibalbá se echaron a reír de nuevo, se morían de la risa; se retorcían del dolor que les causaba la risa en las entrañas, en la sangre y en los huesos, riéndose todos los Señores de Xibalbá.

—Idos ahora a aquella casa, les dijeron; allí se os llevará vuestra raja de ocote [18] y vuestro cigarro y allí dormiréis.

En seguida llegaron a la Casa Oscura. No había más que tinieblas en el interior de la casa.

Mientras tanto, los señores de Xibalbá discurrían lo que debían hacer.

—Sacrifiquémoslos mañana, que mueran pronto, pronto, para que sus instrumentos de juego nos sirvan a nosotros para jugar, dijeron entre sí los Señores de Xibalbá.

Ahora bien, su ocote era una punta redonda de pedernal del que llaman *zaquitoc;* éste es el pino de Xibalbá. Su ocote era puntiagudo y afilado y brillante como hueso; muy duro era el pino de los de Xibalbá.

Hun-Hunahpú y Vucub-Hunahpú entraron a la Casa Oscura. Allí fueron a darles su ocote, un solo ocote encendido que les mandaban Hun-Camé y Vucub-Camé, junto con un cigarro para cada uno, encendido también, que les mandaban los Señores. Esto fueron a darles a Hun-Hunahpú y Vucub-Hunahpú.

Éstos se hallaban en cuclillas en la oscuridad cuando llegaron los portadores del ocote y los cigarros. Al entrar, el ocote alumbraba brillantemente.

—Que enciendan su ocote y sus cigarros cada uno; que vengan a devolverlos al amanecer, pero que no los consuman, sino que los devuelvan enteros; esto es lo que os mandan decir los Señores. Así les dijeron. Y así fueron vencidos. Su ocote se consumió, y asimismo se consumieron los cigarros que les habían dado.

Los castigos de Xibalbá eran numerosos; eran castigos de muchas maneras.

El primero era la Casa Oscura, *Quequma-ha,* en cuyo interior sólo había tinieblas.

El segundo la Casa donde tiritaban, *Xuxulim-ha,* dentro de la cual hacía mucho frío. Un viento frío e insoportable soplaba en su interior.

El tercero era la Casa de los tigres, *Balami-ha,* así llamada, en la cual no había más que tigres que se revolvían, se amontonaban, gruñían y se mofaban. Los tigres estaban encerrados dentro de la casa.

Zotzi-ha, la Casa de los murciélagos, se llamaba el cuarto lugar de castigo. Dentro de esta casa no había más que murciélagos que chillaban, gritaban y revoloteaban en la casa. Los murciélagos estaban encerrados y no podían salir.

El quinto se llamaba la Casa de las Navajas, *Chayin-ha,*[14] dentro de la cual solamente había navajas cortantes y afiladas, calladas o rechinando las unas con las otras dentro de la casa.

Muchos eran los lugares de tormento de Xibalbá; pero no entraron en ellos Hun-Hunahpú y Vucub-Hunahpú. Solamente mencionamos los nombres de estas casas de castigo.

Cuando entraron Hun-Hunahpú y Vucub-Hunahpú ante Hun-Camé y Vucub-Camé, les dijeron éstos:

—¿Dónde están mis cigarros? ¿Dónde está mi raja de ocote que os dieron anoche?

—Se acabaron, Señor.

—Está bien. Hoy será el fin de vuestros días.

Ahora moriréis. Seréis destruidos, os haremos pedazos y aquí quedará oculta vuestra memoria. Seréis sacrificados, dijeron Hun-Camé y Vucub-Camé.

En seguida los sacrificaron y los enterraron en el *Pucbal-Chah*, así llamado. Antes de enterrarlos le cortaron la cabeza a Hun-Hunahpú y enterraron al hermano mayor junto con el hermano menor.

—Llevad la cabeza y ponedla en aquel árbol que está sembrado en el camino, dijeron Hun-Camé y Vucub-Camé. Y habiendo ido a poner la cabeza en el árbol, al punto se cubrió de frutas este árbol que jamás había fructificado antes de que pusieran entre sus ramas la cabeza de Hun-Hunahpú. Y a esta jícara la llamamos hoy la cabeza de Hun-Hunahpú, que así se dice.

Con admiración contemplaban Hun-Camé y Vucub-Camé el fruto del árbol. El fruto redondo estaba en todas partes; pero no se distinguía la cabeza de Hun-Hunahpú; era un fruto igual a los demás frutos del jícaro. Así aparecía ante todos los de Xibalbá cuando llegaban a verla.

A juicio de aquéllos, la naturaleza de este árbol era maravillosa, por lo que había sucedido en un instante cuando pusieron entre sus ramas la cabeza de Hun-Hunahpú. Y los Señores de Xibalbá ordenaron: —¡Que nadie venga a coger de esta fruta! ¡Que nadie venga a ponerse debajo de este árbol!, dijeron, y así dispusieron impedirlo todos los de Xibalbá.

La cabeza de Hun-Hunahpú no volvió a aparecer, porque se había vuelto la misma cosa que el fruto del árbol que se llama jícaro. Sin embargo, una muchacha oyó la historia maravillosa. Ahora contaremos cómo fue su llegada.

CAPÍTULO III

ÉSTA ES la historia de una doncella, hija de un Señor llamado Cuchumaquic.

Llegaron [estas noticias] a oídos de una doncella, hija de un Señor. El nombre del padre era *Cuchumaquic* y el de la doncella *Ixquic*. Cuando ella oyó la historia de los frutos del árbol, que fue contada por su padre, se quedó admirada de oírla.

—¿Por qué no he de ir a ver ese árbol que cuentan?, exclamó la joven. Ciertamente deben ser sabrosos los frutos de que oigo hablar. A continuación se puso en camino ella sola y llegó al pie del árbol que estaba sembrado en Pucbal-Chah.

—¡Ah!, exclamó, ¿qué frutos son los que produce este árbol? ¿No es admirable ver cómo se ha cubierto de frutos? ¿Me he de morir, me perderé si corto uno de ellos?, dijo la doncella.

Habló entonces la calavera que estaba entre las ramas del árbol y dijo: —¿Qué es lo que quieres? Estos objetos redondos que cubren las ramas del árbol no son más que calaveras. Así dijo la cabeza de Hun-Hunahpú dirigiéndose a la joven. ¿Por ventura los deseas?, agregó.

—Sí los deseo, contestó la doncella.

—Muy bien, dijo la calavera. Extiende hacia acá tu mano derecha.

—Bien, replicó la joven, y levantando su mano derecha, la extendió en dirección a la calavera.

En ese instante la calavera lanzó un chisguete de saliva que fue a caer directamente en la palma de la mano de la doncella. Miróse ésta rápidamente y con atención la palma de la mano, pero la saliva de la calavera ya no estaba en su mano.

—En mi saliva y mi baba te he dado mi descendencia (dijo la voz en el árbol). Ahora mi cabeza ya no tiene nada encima, no es más que una calavera despojada de la carne. Así es la cabeza de los grandes príncipes, la carne es lo único que les da una hermosa apariencia. Y cuando mueren espántanse los hombres a causa de los huesos. Así es también la naturaleza de los hijos, que son como la saliva y la baba, ya sean hijos de un Señor, de un hombre sabio o de un orador. Su condición no se pierde cuando se van, sino se hereda; no se extingue ni desaparece la imagen del Señor, del hombre sabio o del orador, sino que la dejan a sus hijas y a los hijos que engendran. Esto mismo he hecho yo contigo. Sube, pues, a la superficie de la tierra, que no morirás. Confía en mi palabra que así será, dijo la cabeza de Hun-Hunahpú y de Vucub-Hunahpú.

Y todo lo que tan acertadamente hicieron fue por mandato de Huracán, Chipi-Caculhá y Raxa-Caculhá.

Volvióse en seguida a su casa la doncella después que le fueron hechas todas estas advertencias, habiendo concebido inmediatamente los hijos en su vientre por la sola virtud de la saliva. Y así fueron engendrados Hunahpú e Ixbalanqué.

Llegó, pues, la joven a su casa y después de haberse cumplido seis meses, fue advertido su estado por su padre, el llamado Cuchumaquic. Al instante fue descubierto el secreto de la joven por el padre, al observar que tenía hijo.

Reuniéronse entonces en consejo todos los Señores Hun-Camé y Vucub-Camé con Cuchumaquic.

—Mi hija está preñada, Señores; ha sido deshonrada, exclamó el Cuchumaquic cuando compareció ante los Señores.

—Está bien, dijeron éstos. Oblígala a declarar

59

la verdad, y si se niega a hablar, castígala; que la lleven a sacrificar lejos de aquí.

—Muy bien, respetables Señores, contestó. A continuación interrogó a su hija:

—¿De quién es el hijo que tienes en el. vientre, hija mía? Y ella contestó: —No tengo hijo, señor padre, aún no he conocido varón.

—Está bien, replicó. Positivamente eres una ramera. Llevadla a sacrificar, señores Ahpop Achih; traedme el corazón dentro de una jícara y volved hoy mismo ante los Señores, les dijo a los buhos.

Los cuatro mensajeros tomaron la jícara y se marcharon llevando en sus brazos a la joven y llevando también el cuchillo de pedernal para sacrificarla.

Y ella les dijo: —No es posible que me matéis, ¡oh mensajeros!, porque no es una deshonra lo que llevo en el vientre, sino que se engendró solo cuando fui a admirar la cabeza de Hun-Hunahpú que estaba en Pucbal-Chah. Así, pues, no debéis sacrificarme, ¡oh mensajeros!, dijo la joven, dirigiéndose a ellos.

—¿Y qué pondremos en lugar de tu corazón? Se nos ha dicho por tu padre: "Traedme el corazón, volved ante los Señores, cumplid vuestro deber y atended juntos a la obra, traedlo pronto en la jícara, poned el corazón en el fondo de la jícara." ¿Acaso no se nos habló así? ¿Qué le daremos entre la jícara? Nosotros bien quisiéramos que no murieras, dijeron los mensajeros.

—Muy bien, pero este corazón no les pertenece a ellos. Tampoco debe ser aquí vuestra morada, ni debéis tolerar que os obliguen a matar a los hombres. Después serán ciertamente vuestros los verdaderos criminales y míos serán en seguida Hun-Camé y Vucub-Camé. Así, pues, la sangre y sólo la sangre

60

será de ellos y estará en su presencia. Tampoco puede ser que este corazón sea quemado ante ellos.[15] Recoged el producto de este árbol, dijo la doncella. El jugo rojo brotó del árbol, cayó en la jícara y en seguida se hizo una bola resplandeciente que tomó la forma de un corazón hecho con la savia que corría de aquel árbol encarnado. Semejante a la sangre brotaba la savia del árbol, imitando la verdadera sangre. Luego se coaguló allí dentro la sangre o sea la savia del árbol rojo, y se cubrió de una capa muy encendida como de sangre al coagularse dentro de la jícara, mientras que el árbol resplandecía por obra de la doncella. Llamábase *Árbol rojo de grana*,[16] pero [desde entonces] tomó el nombre de Árbol de la Sangre porque a su savia se le llama la Sangre.

—Allá en la tierra seréis amados y tendréis lo que os pertenece, dijo la joven a los buhos.

—Está bien, niña. Nosotros nos iremos allá, subiremos a servirte; tú, sigue tu camino mientras nosotros vamos a presentar la savia en lugar de tu corazón ante los Señores, dijeron los mensajeros.

Cuando llegaron a presencia de los Señores, estaban todos aguardando.

—¿Se ha terminado eso?, preguntó Hun-Camé.

—Todo está concluido, Señores. Aquí está el corazón en el fondo de la jícara.

—Muy bien. Veamos, exclamó Hun-Camé. Y cogiéndolo con los dedos lo levantó, se rompió la corteza y comenzó a derramarse la sangre de vivo color rojo.

—Atizad bien el fuego y ponedlo sobre las brasas, dijo Hun-Camé.

En seguida lo arrojaron al fuego y comenzaron a sentir el olor los de Xibalbá, y levantándose todos se acercaron y ciertamente sentían muy dulce la fragancia de la sangre.

Y mientras ellos se quedaban pensativos, se marcharon los buhos, los servidores de la doncella, remontaron el vuelo en bandada desde el abismo hacia la tierra y los cuatro se convirtieron en sus servidores.

Así fueron vencidos los Señores de Xibalbá. Por la doncella fueron engañados todos.

CAPÍTULO IV

AHORA bien, estaban con su madre Hunbatz y Hunchouén [17] cuando llegó la mujer llamada Ixquic.

Cuando llegó, pues, la mujer Ixquic ante la madre de Hunbatz y Hunchouén, llevaba a sus hijos en el vientre y faltaba poco para que nacieran Hunahpú e Ixbalanqué, que así fueron llamados.

Al llegar la mujer ante la anciana, le dijo la mujer a la abuela: —He llegado, señora madre; yo soy vuestra nuera y vuestra hija, señora madre. Así dijo cuando entró a la casa de la abuela.

—¿De dónde vienes tú? ¿En dónde están mis hijos? ¿Por ventura no murieron en Xibalbá? ¿No ves a éstos a quienes les quedaron su descendencia y linaje y que se llaman Hunbatz y Hunchouén? ¡Sal de aquí! ¡Vete!, gritó la vieja a la muchacha.

—Y sin embargo, es la verdad que soy vuestra nuera; há tiempo que lo soy. Pertenezco a Hun-Hunahpú. Ellos viven en lo que llevo, no han muerto Hun-Hunahpú y Vucub-Hunahpú: volverán a mostrarse claramente, mi señora suegra. Y así, pronto veréis su imagen en lo que traigo, le fue dicho a la vieja.

Entonces se enfurecieron Hunbatz y Hunchouén. Sólo se entretenían en tocar la flauta y cantar, en pintar y esculpir, en lo que pasaban todo el día, y eran el consuelo de la vieja.

Habló luego la vieja y dijo:

—No quiero que tú seas mi nuera, porque lo que llevas en el vientre es fruto de tu deshonestidad. Además, eres una embustera: mis hijos de quienes hablas ya son muertos.

Luego agregó la abuela: —Esto que te digo es la pura verdad; pero en fin, está bien, tú eres mi nuera, según he oído. Anda, pues, a traer la comida para los que hay que alimentar. Anda a cosechar una red grande [de maíz] y vuelve en seguida, puesto que eres mi nuera, según lo que oigo, le dijo a la muchacha.

—Muy bien, replicó la joven, y se fue en seguida para la milpa que poseían Hunbatz y Hunchouén. El camino había sido abierto por ellos y la joven lo tomó y así llegó a la milpa; pero no encontró más que una mata de maíz; no había dos, ni tres, y viendo que sólo había una mata con su espiga, se llenó de angustia el corazón de la muchacha.

—¡Ay, pecadora, desgraciada de mí! ¿A dónde he de ir a conseguir una red de maíz, como se me ha ordenado?, exclamó. Y en seguida se puso a invocar al *Chahal* [18] de la comida para que llegara y se la llevase.

—¡*Ixtoh, Ixcanil, Ixcacau*,[19] vosotras las que cocéis el maíz; y tú Chahal, guardián de la comida de Hunbatz y Hunchouén!, dijo la muchacha. Y a continuación cogió las barbas, los pelos rojos de la mazorca y los arrancó, sin cortar la mazorca. Luego los arregló en la red como mazorcas de maíz y la gran red se llenó completamente.

Volvióse en seguida la joven; los animales del campo iban cargando la red, y cuando llegaron, fueron a dejar la carga a un rincón de la casa, como si ella la hubiera llevado. Llegó entonces la vieja y luego que vio el maíz que había en la gran red, exclamó:

—¿De dónde has traído todo este maíz? ¿Por ventura acabaste con nuestra milpa y te la has traído toda para acá? Iré a ver al instante, dijo la vieja, y se puso en camino para ir a ver la milpa. Pero la única mata de maíz estaba allí todavía y asimismo se veía el lugar donde había estado la red al pie de la mata.[20] La vieja regresó entonces a toda prisa a su casa y dijo a la muchacha:

—Ésta es prueba suficiente de que realmente eres mi nuera. Veré ahora tus obras, aquéllos que llevas [en el vientre] y que también son sabios, le dijo a la muchacha.

CAPÍTULO V

Contaremos ahora el nacimiento de Hunahpú e Ixbalanqué. Aquí, pues, diremos cómo fue su nacimiento.

Cuando llegó el día de su nacimiento, dio a luz la joven que se llamaba Ixquic; pero la abuela no los vio cuando nacieron. En un instante fueron dados a luz los dos muchachos llamados Hunahpú e Ixbalanqué. Allá en el monte fueron dados a luz.

Luego llegaron a la casa, pero no podían dormirse.

—¡Anda a botarlos afuera!, dijo la vieja, porque verdaderamente es mucho lo que gritan. Y en seguida fueron a ponerlos sobre un hormiguero. Allí durmieron tranquilamente. Luego los quitaron de ese lugar y los pusieron sobre las espinas.

Ahora bien, lo que querían Hunbatz y Hunchouén era que murieran allí mismo en el hormiguero, o que murieran sobre las espinas. Deseábanlo así a causa del odio y de la envidia que por ellos sentían Hunbatz y Hunchouén.

Al principio se negaban a recibir en la casa a sus hermanos menores; no los conocían y así se criaron en el campo.

Hunbatz y Hunchouén eran grandes músicos y cantores; habían crecido en medio de muchos trabajos y necesidades y pasaron por muchas penas, pero llegaron a ser muy sabios. Eran a un tiempo flautistas, cantores, pintores y talladores; todo lo sabían hacer.

Tenían noticia de su nacimiento y sabían también que eran los sucesores de sus padres, los que fueron a Xibalbá y murieron allá. Grandes sabios eran, pues, Hunbatz y Hunchouén y en su interior sabían todo lo relativo al nacimiento de sus hermanos menores. Sin embargo, no demostraban su sabiduría, por la envidia que les tenían, pues sus corazones estaban llenos de mala voluntad para ellos, sin que Hunahpú e Ixbalanqué los hubieran ofendido en nada.

Estos últimos se ocupaban solamente de tirar con cerbatana todos los días; no eran amados de la abuela ni de Hunbatz, ni de Hunchouén. No les daban de comer; solamente cuando ya estaba terminada la comida y habían comido Hunbatz y Hunchouén, entonces llegaban ellos. Pero no se enojaban, ni se encolerizaban y sufrían calladamente, porque sabían su condición y se daban cuenta de todo con claridad. Traían sus pájaros cuando venían cada día y Hunbatz y Hunchouén se los comían, sin darle nada a ningunos de los dos, Hunahpú e Ixbalanqué.

La sola ocupación de Hunbatz y Hunchouén era tocar la flauta y cantar.

Y una vez que Hunahpú e Ixbalanqué llegaron sin traer ninguna clase de pájaros, entraron [en la casa] y se enfureció la abuela.

—¿Por qué no traéis pájaros?, les dijo a Hunahpú e Ixbalanqué.

Y ellos contestaron: —Lo que sucede, abuela nuestra, es que nuestros pájaros se han quedado trabados en el árbol y nosotros no podemos subir a cogerlos, querida abuela. Si nuestros hermanos mayores así lo quieren, que vengan con nosotros y que vayan a bajar los pájaros, dijeron.

—Está bien, dijeron los hermanos mayores, contestando, iremos con vosotros al amanecer.

Consultaron entonces los dos entre sí la manera de vencer a Hunbatz y Hunchouén. —Solamente cambiaremos su naturaleza, su apariencia; cúmplase así nuestra palabra, por los muchos sufrimientos que nos han causado. Ellos deseaban que muriésemos, que nos perdiéramos nosotros, sus hermanos menores. En su interior nos tenían como muchachos. Por todo esto los venceremos y daremos un ejemplo. Así iban diciendo entre ellos mientras se dirigían al pie del árbol llamado *Canté*.[21] Iban acompañados de sus hermanos mayores y tirando con la cerbatana. No era posible contar los pájaros que cantaban sobre el árbol y sus hermanos mayores se admiraban de ver tantos pájaros. Había pájaros, pero ni uno solo caía al pie del árbol.

—Nuestros pájaros no caen al suelo. Id a bajarlos, les dijeron a sus hermanos mayores.

—Muy bien, contestaron éstos. Y en seguida subieron al árbol, pero el árbol aumentó de tamaño y su tronco se hinchó. Luego quisieron bajar Hunbatz y Hunchouén, pero ya no pudieron descender de la cima del árbol.

Entonces exclamaron desde lo alto del árbol: —¿Qué nos ha sucedido, hermanos nuestros? ¡Desgraciados de nosotros! Este árbol nos causa espanto de sólo verlo, ¡oh hermanos nuestros!, dijeron desde la cima del árbol. Y Hunahpú e Ixbalanqué les contestaron: —Desatad vuestros calzones,[22] atadlos debajo del vientre, dejando largas las puntas y tirando de ellas por detrás de ese modo podréis andar fácilmente. Así les dijeron sus hermanos menores.

—Está bien, contestaron, tirando la punta de sus ceñidores, pero al instante se convirtieron éstos en colas y ellos tomaron la apariencia de monos. En seguida se fueron sobre las ramas de los árboles, por entre los montes grandes y pequeños y se internaron en el bosque, haciendo muecas y columpiándose en las ramas de los árboles.

Así fueron vencidos Hunbatz y Hunchouén por Hunahpú e Ixbalanqué; y sólo por arte de magia pudieron hacerlo.

Volviéronse éstos a su casa y al llegar hablaron con su abuela y con su madre, diciéndoles: —¿Qué será, abuela nuestra, lo que les ha sucedido a nuestros hermanos mayores, que de repente se volvieron sus caras como caras de animales? Así dijeron.

—Si vosotros les habéis hecho algún daño a vuestros hermanos, me habéis hecho desgraciada y me habéis llenado de tristeza. No hagáis semejante cosa a vuestros hermanos, ¡oh hijos míos!, dijo la vieja a Hunahpú e Ixbalanqué.

Y ellos le dijeron a su abuela:

—No os aflijáis, abuela nuestra. Volveréis a ver la cara de nuestros hermanos; ellos volverán, pero será una prueba difícil para vos, abuela. Y tened cuidado de no reiros. Y ahora, ¡a probar su suerte!, dijeron.

En seguida se pusieron a tocar la flauta, tocando la canción de *Hunahpú-Qoy*. Luego cantaron, tocaron la flauta y el tambor, tomando sus flautas y su tambor. Después sentaron junto a ellos a su abuela y siguieron tocando y llamando con la música y el canto, entonando la canción que se llama Hunahpú-Qoy.

Por fin llegaron Hunbatz y Hunchouén y al llegar se pusieron a bailar; pero cuando la vieja vio sus feos visajes se echó a reír al verlos la vieja, sin poder contener la risa, y ellos se fueron al instante y no se les volvió a ver la cara.

—¡Ya lo veis, abuela! Se han ido para el bosque. ¿Qué habéis hecho, abuela nuestra? Sólo cuatro veces podemos hacer esta prueba y no faltan más que tres. Vamos a llamarlos con la flauta y con el canto, pero procurad contener la risa. ¡Que comience la prueba!, dijeron Hunahpú e Ixbalanqué.

En seguida se pusieron de nuevo a tocar. Hunbatz y Huchouén volvieron bailando y llegaron hasta el centro del patio de la casa, haciendo monerías y provocando a risa a su abuela hasta que ésta soltó la carcajada. Realmente eran muy divertidos cuando llegaron con sus caras de mono, sus anchas posaderas, sus colas delgadas y el agujero de su vientre todo lo cual obligaba a la vieja a reírse.

Luego se fueron otra vez a los montes. Y Hunahpú e Ixbalanqué dijeron: —¿Y ahora qué hacemos, abuela? Sólo esta tercera vez probaremos.

Tocaron de nuevo la flauta y volvieron los monos bailando. La abuela contuvo la risa. Luego subieron sobre la cocina; sus ojos despedían una luz roja, alargaban y se restregaban los hocicos y espantaban de las muecas que se hacían uno al otro.

En cuanto la abuela vio todo esto se echó a reír violentamente; pero ya no se les volvieron a ver las caras, a causa de la risa de la vieja.

—Ya sólo esta vez los llamaremos, abuela, para que salgan acá por la cuarta vez, dijeron los muchachos. Volvieron, pues, a tocar la flauta, pero ellos no regresaron la cuarta vez, sino que se fueron a toda prisa para el bosque.

Los muchachos le dijeron a la abuela: —Hemos hecho todo lo posible, abuelita; primero vinieron, luego probamos a llamarlos de nuevo. Pero no os aflijáis; aquí estamos nosotros, vuestros nietos; a nosotros debéis vernos, ¡oh madre nuestra! ¡oh nuestra abuela!, como el recuerdo de nuestros hermanos mayores, de aquéllos que se llamaron y tenían por nombre Hunbatz y Hunchouén, dijeron Hunahpú e Ixbalanqué.

Aquéllos eran invocados por los músicos y los cantores, por las gentes antiguas. Invocábanlos también los pintores y talladores en tiempos pasados.[23] Pero fueron convertidos en animales y se volvieron monos porque se ensoberbecieron y maltrataron a sus hermanos.

De esta manera sufrieron sus corazones; así fue su pérdida y fueron destruidos Hunbatz y Hunchouén y se volvieron animales. Habían vivido siempre en su casa; fueron músicos y cantores e hicieron también grandes cosas cuando vivían con la abuela y con su madre.

CAPÍTULO VI

Comenzaron entonces sus trabajos, para darse a conocer ante su abuela y ante su madre. Lo primero que harían era la milpa. Vamos a sembrar la milpa, abuela y madre nuestra, dijeron. No os aflijáis; aquí estamos nosotros, vuestros nietos, nosotros los que estamos en lugar de nuestros hermanos, dijeron Hunahpú e Ixbalanqué.

En seguida tomaron sus hachas, sus piochas y sus azadas de palo y se fueron, llevando cada uno su cerbatana al hombro. Al salir de su casa, le encargaron a su abuela que les llevara su comida.

—A mediodía nos traeréis la comida, abuela, le dijeron.

—Está bien, nietos míos, contestó la vieja.

Poco después llegaron al lugar de la siembra. Y al hundir el azadón en la tierra, éste labraba la tierra, el azadón hacía el trabajo por sí solo.

De la misma manera clavaban el hacha en el tronco de los árboles y en sus ramas y al punto caían y quedaban tendidos en el suelo todos los árboles y bejucos. Rápidamente caían los árboles, cortados de un solo hachazo.

Lo que había arrancado el azadón era mucho también. No se podían contar las zarzas ni las espinas que habían cortado con un solo golpe del azadón. Tampoco era posible calcular lo que habían arrancado y derribado en todos los montes grandes y pequeños.

Y habiendo aleccionado a un animal llamado *Ixmucur*,[24] lo hicieron subir a la cima de un gran tronco y Hunahpú e Ixbalanqué le dijeron: —Observa cuando venga nuestra abuela a traernos la comida y al instante comienza a cantar y nosotros empuñaremos la azada y el hacha.

—Está bien, contestó Ixmucur.

En seguida se pusieron a tirar con la cerbatana; ciertamente no hacían ningún trabajo de labranza.

70

Poco después cantó la paloma e inmediatamente corrió uno a coger la azada y el otro a coger el hacha. Y envolviéndose la cabeza, el uno se cubrió de tierra las manos intencionalmente y se ensució asimismo la cara como un verdadero labrador, y el otro adrede se echó astillas de madera sobre la cabeza como si efectivamente hubiera estado cortando los árboles.

Así fueron vistos por su abuela. En seguida comieron, pero realmente no habían hecho trabajo de labranza y sin merecerla les dieron su comida. Luego se fueron a su casa. —Estamos verdaderamente cansados, abuela, dijeron al llegar, estirando sin motivo las piernas y los brazos ante su abuela.

Regresaron al día siguiente, y al llegar al campo encontraron que se habían vuelto a levantar todos los árboles y bejucos y que todas las zarzas y espinas se habían vuelto a unir y enlazar entre sí.

—¿Quién nos ha hecho este engaño?, dijeron. Sin duda lo han hecho todos los animales pequeños y grandes, el león, el tigre, el venado, el conejo, el gato de monte, el coyote, el jabalí, el pisote, los pájaros chicos, los pájaros grandes; éstos fueron los que lo hicieron y en una sola noche lo ejecutaron.

En seguida comenzaron de nuevo a preparar el campo y a arreglar la tierra y los árboles cortados. Luego discurrieron acerca de lo que habían de hacer con los palos cortados y las hierbas arrancadas.

—Ahora velaremos nuestra milpa; tal vez podamos sorprender al que viene a hacer todo este daño, dijeron discurriendo entre sí. Y a continuación regresaron a la casa.

—¿Qué os parece, abuela, que se han burlado de nosotros? Nuestro campo que habíamos labrado se ha vuelto un gran pajonal y bosque espeso. Así lo hallamos cuando llegamos hace un rato, abuela, le dijeron a su abuela y a su madre. Pero volveremos allá y velaremos, porque no es justo que nos hagan tales cosas, dijeron.

Luego se vistieron y en seguida se fueron de nuevo a su campo de árboles cortados y allí se escondieron, recatándose en la sombra.

Reuniéronse entonces todos los animales, uno de cada especie se juntó con todos los demás animales chicos y animales grandes. Y era media noche en punto cuando llegaron hablando todos y diciendo así en sus lenguas: "¡Levantaos, árboles! ¡Levantaos, bejucos!"

Esto decían cuando llegaron y se agruparon bajo los árboles y bajo los bejucos y fueron acercándose hasta manifestarse ante sus ojos [de Hunahpú e Ixbalanqué].

Eran los primeros el león y el tigre, y quisieron cogerlos, pero no se dejaron. Luego se acercaron al venado y al conejo y sólo les pudieron coger las colas, solamente se las arrancaron. La cola del venado les quedó entre las manos y por esta razón el venado y el conejo llevan cortas las colas.

El gato de monte, el coyote, el jabalí y el pisote tampoco se entregaron. Todos los animales pasaron frente a Hunahpú e Ixbalanqué, cuyos corazones ardían de cólera porque no los podían coger.

Pero, por último, llegó otro dando saltos al llegar, y a éste, que era el ratón, al instante lo atraparon y lo envolvieron en un paño. Y luego que lo cogieron, le apretaron la cabeza y lo quisieron ahogar, y le quemaron la cola en el fuego, de donde viene que la cola del ratón no tiene pelo; y así también le quisieron pegar en los ojos los dos muchachos Hunahpú e Ixbalanqué.

Y dijo el ratón: —Yo no debo morir a vuestras manos. Y vuestro oficio tampoco es el de sembrar milpa.

—¿Qué nos cuentas tú ahora?, le dijeron los muchachos al ratón.

—Soltadme un poco, que en mi pecho tengo algo que deciros y os lo diré en seguida, pero antes dadme algo de comer, dijo el ratón.

—Después te daremos tu comida, pero habla primero, le contestaron.

—Está bien. Sabréis, pues, que los bienes de vuestros padres Hun-Hunahpú y Vucub-Hunahpú, así llamados, aquéllos que murieron en Xibalbá, o sea los instrumentos con que jugaban, han quedado y están allí colgados en el techo de la casa: el anillo, los guantes y la pelota. Sin embargo, vuestra abuela no os los quiere enseñar porque a causa de ellos murieron vuestros padres.

—¿Lo sabes con certeza?, le dijeron los muchachos al ratón. Y sus corazones se alegraron grandemente cuando oyeron la noticia de la pelota de goma. Y como ya había hablado el ratón, le señalaron su comida al ratón.

—Ésta será la comida: el maíz, las pepitas de chile, el frijol, el pataxte, el cacao: todo esto te pertenece, y si hay algo que esté guardado u olvidado, tuyo será también, ¡cómelo!, le fue dicho al ratón por Hunahpú e Ixbalanqué.

—Magnífico, muchachos, dijo aquél; pero ¿qué le diré a vuestra abuela si me ve?

—No tengas pena, porque nosotros estamos aquí y sabremos lo que hay que decirle a nuestra abuela. ¡Vamos!, lleguemos pronto a esta esquina de la casa, llega pronto a donde están esas cosas colgadas; nosotros estaremos mirando al desván de la casa y atendiendo únicamente a nuestra comida, le dijeron al ratón.

Y habiéndolo dispuesto así durante la noche, después de consultarlo entre sí, Hunahpú e Ixbalanqué llegaron a mediodía. Cuando llegaron llevaban consigo al ratón, pero no lo enseñaban; uno de ellos entró directamente a la casa y el otro se acercó a la esquina y de allí hizo subir al instante al ratón.

En seguida pidieron su comida a su abuela. —Preparad nuestra comida,[25] queremos un chilmol,[26] abuela nuestra, dijeron. Y al punto les prepararon la comida y les pusieron delante un plato de caldo.

Pero esto era sólo para engañar a su abuela y a su madre. Y habiendo hecho que se consumiera el agua que había en la tinaja: —Verdaderamente nos estamos muriendo de sed; id a traernos de beber, le dijeron a su abuela.

—Bueno, contestó ella y se fue. Pusiéronse entonces a comer, pero la verdad es que no tenían hambre; sólo era un engaño lo que hacían. Vieron entonces en su plato de chile[27] cómo el ratón se dirigía rápidamente hacia la pelota que estaba colgada del techo de la casa. Al ver esto en su chilmol, despacharon a cierto *Xan*, el animal llamado Xan, que es como un mosquito, el cual fue al río y perforó la pared del cántaro de la abuela, y aunque ella trató de contener el agua que se salía, no pudo cerrar la picadura hecha en el cántaro.

—¿Qué le pasa a nuestra abuela? Tenemos la boca seca por falta de agua, nos estamos muriendo de sed, le dijeron a su madre y la mandaron fuera. En seguida fue el ratón a cortar [la cuerda que sostenía] la pelota, la cual cayó del techo de la casa junto con el anillo, los guantes y los cueros. Se apoderaron de ellos los muchachos y corrieron al instante a esconderlos en el camino que conducía al juego de la pelota.

Después de esto se encaminaron al río, a reunirse con su abuela y su madre, que estaban atareadas tratando de tapar el agujero del cántaro. Y llegando cada uno con su cerbatana, dijeron cuando llegaron al río: —¿Qué estáis haciendo? Nos cansamos [de esperar] y nos vinimos, les dijeron.

—Mirad el agujero de mi cántaro que no se puede tapar, dijo la abuela. Al instante lo taparon y juntos regresaron, marchando ellos delante de su abuela.

Y así fue el hallazgo de la pelota.

CAPÍTULO VII

Muy contentos se fueron a jugar al patio del juego de pelota; estuvieron jugando solos largo tiempo y limpiaron el patio donde jugaban sus padres.

Y oyéndolos, los Señores de Xibalbá dijeron: —¿Quiénes son esos que vuelven a jugar sobre nuestras cabezas y que nos molestan con el tropel que hacen? ¿Acaso no murieron Hun-Hunahpú y Vucub-Hunahpú, aquellos que se quisieron engrandecer ante nosotros? ¡Id a llamarlos al instante!

Así dijeron Hun-Camé, Vucub-Camé y todos los Señores. Y enviándolos a llamar dijeron a sus mensajeros: —Id y decidles cuando lleguéis allá: "Que vengan, han dicho los Señores; aquí deseamos jugar a la pelota con ellos, dentro de siete días queremos jugar; así dijeron los Señores, decidles cuando lleguéis", fue la orden que dieron a los mensajeros. Y éstos vinieron entonces por el camino ancho de los muchachos que conducía directamente a su casa;

por él llegaron los mensajeros directamente ante la abuela de aquéllos. Comiendo estaba cuando llegaron los mensajeros de Xibalbá.

—Que vengan, con seguridad, dicen los Señores, dijeron los mensajeros de Xibalbá. Y señalaron el día los mensajeros de Xibalbá: —Dentro de siete días los esperan, le dijeron a Ixmucané.

—Está bien, mensajeros, ellos llegarán, respondió la vieja. Y los mensajeros se fueron de regreso.

Entonces se llenó de angustia el corazón de la vieja. ¿A quién mandaré que vaya a llamar a mis nietos? ¿No fue de esta misma manera como vinieron los mensajeros de Xibalbá en ocasión pasada, cuando vinieron a llevarse a sus padres?, dijo su abuela, entrando sola y afligida a su casa.

Y en seguida le cayó un piojo en la falda. Lo cogió y se lo puso en la palma de la mano, y el piojo se meneó y echó a andar.

—Hijo mío, ¿te gustaría que te mandara a que fueras a llamar a mis nietos al juego de pelota?, le dijo al piojo. "Han llegado mensajeros ante vuestra abuela", dirás; "que vengan dentro de siete días, que vengan, dicen los mensajeros de Xibalbá; así lo manda decir vuestra abuela", le dijo ésta al piojo.

Al punto se fue el piojo contoneándose. Y estaba sentado en el camino un muchacho llamado *Tamazul*, o sea el sapo.

—¿A dónde vas?, le dijo el sapo al piojo.

—Llevo un mandado en mi vientre, voy a buscar a los muchachos, le contestó el piojo al Tamazul.

—Está bien, pero veo que no te das prisa, le dijo el sapo al piojo. ¿No quieres que te trague? Ya verás cómo corro.yo, y así llegaremos rápidamente.

—Muy bien, le contestó el piojo al sapo. En seguida se lo tragó el sapo. Y el sapo caminó mucho

76

tiempo, pero sin apresurarse. Luego encontró a su vez una gran culebra, que se llamaba *Zaquicaz*.

—¿A dónde vas, joven Tamazul?, díjole al sapo Zaquicaz.

—Voy de mensajero, llevo un mandado en mi vientre, le dijo el sapo a la culebra.

—Veo que no caminas aprisa. ¿No llegaré yo más pronto?, le dijo la culebra al sapo. —¡Ven acá!, contestó. En seguida Zaquicaz se tragó al sapo. Y desde entonces fue ésta la comida de las culebras, que todavía hoy se tragan a los sapos.

Iba caminando aprisa la culebra y habiéndola encontrado el *Vac*,[28] que es un pájaro grande, al instante se tragó el gavilán a la culebra. Poco después llegó al juego de pelota. Desde entonces fue ésta la comida de los gavilanes, que devoran a las culebras en los campos.

Y al llegar el gavilán, se paró sobre la cornisa del juego de pelota, donde Hunahpú e Ixbalanqué se divertían jugando a la pelota. Al llegar, el gavilán se puso a gritar: ¡*Vac-có!* ¡*Vac-có!* [¡Aquí está el gavilán!], decía en su graznido. ¡Aquí está el gavilán!

—¿Quién está gritando? ¡Vengan nuestras cerbatanas!, exclamaron. Y disparándole en seguida al gavilán, le dirigieron el bodoque a la niña del ojo, y dando vueltas se vino al suelo. Corrieron a recogerlo y le preguntaron: —¿Qué vienes a hacer aquí?, le dijeron al gavilán.

—Traigo un mensaje en mi vientre. Curadme primero el ojo y después os diré, contestó el gavilán.

—Muy bien, dijeron ellos, y sacando un poco de la goma de la pelota con que jugaban, se la pusieron en el ojo al gavilán. *Lotzquic*[29] le llamaron ellos y

77

al instante quedó curada perfectamente por ellos la vista del gavilán.

—Habla, pues, dijeron al gavilán. Y en seguida vomitó una gran culebra.

—Habla tú, le dijeron a la culebra.

—Bueno, dijo ésta y vomitó al sapo.

—¿Dónde está tu mandado que anunciabas?, le dijeron al sapo.

—Aquí está el mandado en mi vientre, contestó el sapo. Y en seguida hizo esfuerzos, pero no pudo vomitar; solamente se le llenaba la boca como de baba, y no le venía el vómito. Los muchachos ya querían pegarle.

—Eres un mentiroso, le dijeron, dándole de puntapiés en el trasero, y el hueso del anca le bajó a las piernas. Probó de nuevo, pero sólo la baba le llenaba la boca. Entonces le abrieron la boca al sapo los muchachos y una vez abierta, buscaron dentro de la boca. El piojo estaba pegado a los dientes del sapo; en la boca se había quedado, no lo había tragado, sólo había hecho como que se lo tragaba. Así quedó burlado el sapo, y no se conoce la clase de comida que le dan; no puede correr y se volvió comida de culebras.

—¡Habla!, le dijeron al piojo, y entonces dijo el mandado: —Ha dicho vuestra abuela, muchachos: "Anda a llamarlos; han venido mensajeros de Hun-Camé y Vucub-Camé para que vayan a Xibalbá, diciendo: 'Que vengan acá dentro de siete días para jugar a la pelota con nosotros, que traigan también sus instrumentos de juego, la pelota, los anillos, los guantes, los cueros, para que se diviertan aquí', dicen los Señores." "De veras han venido", dice vuestra abuela. Por eso he venido yo. Porque de verdad dice esto vuestra abuela y llora y se lamenta vuestra abuela, por eso he venido.

—¿Será cierto?, dijeron los muchachos para sus adentros, cuando oyeron esto. Y yéndose al instante llegaron al lado de su abuela; sólo fueron a despedirse de su abuela.

—Nos vamos, abuela, solamente venimos a despedirnos. Pero ahí queda la señal que dejamos de nuestra suerte: cada uno de nosotros sembraremos una caña, en medio de nuestra casa la sembraremos: si se secan, esa será la señal de nuestra muerte. ¡Muertos son!, diréis, si llegan a secarse. Pero si retoñan: ¡Están vivos!, diréis, ¡oh abuela nuestra! Y vos, madre, no lloréis, que ahí os dejamos la señal de nuestra suerte, dijeron.

Y antes de irse, sembró una [caña] Hunahpú y otra Ixbalanqué; las sembraron en la casa y no en el campo, ni tampoco en tierra húmeda, sino en tierra seca; en medio de su casa las dejaron sembradas.

CAPÍTULO VIII

MARCHARON entonces, llevando cada uno su cerbatana, y fueron bajando en dirección a Xibalbá. Bajaron rápidamente los escalones y pasaron entre varios ríos y barrancas. Pasaron entre unos pájaros y estos pájaros llamábanse *Molay*.

Pasaron también por un río de podre y por un río de sangre, donde debían ser destruidos según pensaban los de Xibalbá; pero no los tocaron con sus pies, sino que los atravesaron sobre sus cerbatanas.

Salieron de allí y llegaron a una encrucijada de cuatro caminos. Ellos sabían muy bien cuáles eran los caminos de Xibalbá: el camino negro, el camino blanco, el camino rojo y el camino verde. Así, pues, despacharon a un animal llamado *Xan*. Éste debía ir a recoger las noticias que lo enviaban a buscar.

—Pícalos uno por uno; primero pica al que está sentado en primer término y acaba picándolos a todos, pues ésa es la parte que te corresponde, chupar la sangre de los hombres en los caminos, le dijeron al mosquito.

—Muy bien, contestó el mosquito. Y en seguida se internó por el camino negro y se fue directamente hacia los muñecos de palo que estaban sentados primero y cubiertos de adornos. Picó al primero, pero éste no habló; luego picó al otro, picó al segundo que estaba sentado, pero éste tampoco habló.

Picó después al tercero; el tercero de los que estaban sentados era Hun-Camé. —¡Ay!, dijo cuando lo picaron.

—¿Qué es eso, Hun-Camé? ¿Qué es lo que os ha picado? ¿No sabéis quién os ha picado?, dijo el cuarto de los Señores que estaban sentados.

—¿Qué hay, Vucub-Camé? ¿Qué os ha picado?, dijo el quinto sentado.

—¡Ay! ¡Ay!, dijo entonces Xiquiripat. Y Vucub-Camé le preguntó: —¿Qué os ha picado? Y dijo cuando lo picaron, el sexto que estaba sentado: —¡Ay!

—¿Qué es eso, Cuchumaquic?, le dijo Xiquiripat. ¿Qué es lo que os ha picado? Y dijo el séptimo sentado cuando lo picaron: —¡Ay!

—¿Qué hay, Ahalpuh?, le dijo Cuchumaquic. ¿Qué os ha picado? Y dijo, cuando lo picaron, el octavo de los sentados: —¡Ay!

—¿Qué es eso, Chamiabac?, le dijo Ahalcaná. ¿Qué ha picado? Y dijo, cuando lo picaron, el noveno de los sentados: —¡Ay!

—¿Qué es eso, Chamiabac?, le dijo Ahalcaná. ¿Qué os ha picado? Y dijo, cuando lo picaron, el décimo de los sentados: —¡Ay!

—¿Qué pasa, Chamiaholom?, dijo Chamiabac. ¿Qué os ha picado? Y dijo el undécimo sentado cuando lo picaron: —¡Ay!

—¿Qué sucede?, le dijo Chamiaholom. ¿Qué os ha picado? Y dijo el duodécimo de los sentados cuando lo picaron: —¡Ay!

—¿Qué es eso, Patán?, le dijeron. ¿Qué os ha picado? Y dijo el décimotercero de los sentados cuando lo picaron: —¡Ay!

—¿Qué pasa, Quicxic?, le dijo Patán. ¿Qué os ha picado? Y dijo el décimocuarto de los sentados cuando a su vez lo picaron: —¡Ay!

—¿Qué os ha picado, Quicrixcac?, le dijo Quicré.

Así fue la declaración de sus nombres, que fueron diciéndose todos los unos a los otros; así se dieron a conocer al declarar sus nombres, llamándose uno a uno cada jefe. Y de esta manera dijo su nombre cada uno de los que estaban sentados en su rincón.

Ni un solo de los nombres se perdió. Todos acabaron de decir su nombre cuando los picó un pelo de la pierna de Hunahpú que éste se arrancó. En realidad, no era un mosquito el que los picó y fue a oír los nombres de todos de parte de Hunahpú e Ixbalanqué.

Continuaron su camino [los muchachos] y llegaron a donde estaban los de Xibalbá.

—Saludad al Señor, al que está sentado, les dijo uno para engañarlos.

—Ése no es Señor, no es más que un muñeco de palo, dijeron, y siguieron adelante. En seguida comenzaron a saludar:

—¡Salud, Hun-Camé! ¡Salud, Vucub-Camé! ¡Sa-

81

lud, Xiquiripat! ¡Salud, Cuchumaquic! ¡Salud, Ahalpuh! ¡Salud, Ahalcaná! ¡Salud, Chamiabac! ¡Salud, Chamiaholom! ¡Salud, Quicxic! ¡Salud, Patán! ¡Salud, Quicré! ¡Salud, Quicrixcac!, dijeron llegando ante ellos. Y enseñando todos la cara les dijeron sus nombres a todos, sin que se les escapara el nombre de uno solo.

Pero lo que éstos deseaban era que no descubrieran sus nombres.

—Sentaos aquí, les dijeron, esperando que se sentaran en el asiento [que les indicaban].

—Éste no es asiento para nosotros, es sólo una piedra ardiente, dijeron Hunahpú e Ixbalanqué, y no pudieron vencerlos.

—Está bien, id a aquella casa, les dijeron. Y a continuación entraron en la Casa Oscura. Y allí tampoco fueron vencidos.

CAPÍTULO IX

ÉSTA era la primera prueba de Xibalbá. Al entrar allí [los muchachos], pensaban los de Xibalbá que sería el principio de su derrota. Entraron desde luego en la Casa Oscura; en seguida fueron a llevarles sus rajas de pino encendidas y los mensajeros de Hun-Camé le llevaron también a cada uno su cigarro.

—Éstas son sus rajas de pino, dijo el Señor; que devuelvan este ocote mañana al amanecer junto con los cigarros, y que los traigan enteros, dice el Señor. Así hablaron los mensajeros cuando llegaron.

—Muy bien contestaron ellos. Pero, en realidad, no [encendieron] la raja de ocote, sino que pusieron una cosa roja en su lugar, o sea unas plumas de la cola de la guacamaya, que a los veladores les pareció que era ocote encendido. Y en cuanto a los cigarros, les pusieron luciérnagas en la punta a los cigarros.

Toda la noche los dieron por vencidos.

—Perdidos son, decían los guardianes. Pero el ocote no se había acabado y tenía la misma apariencia, y los cigarros no los habían encendido y tenían el mismo aspecto.

Fueron a dar parte a los Señores.

—¿Cómo ha sido esto? ¿De dónde han venido? ¿Quién los engendró? ¿Quién los dio a luz? En verdad hacen arder de ira nuestros corazones, porque no está bien lo que nos hacen. Sus caras son extrañas y extraña su manera de conducirse, decían ellos entre sí.

Luego los mandaron a llamar todos los Señores.

—¡Ea! ¡Vamos a jugar a la pelota, muchachos!, les dijeron. Al mismo tiempo fueron interrogados por Hun-Camé y Vucub-Camé.

—¿De dónde venís? ¡Contadnos, muchachos!, les dijeron los de Xibalbá.

—¡Quién sabe de dónde venimos! Nosotros lo ignoramos, dijeron únicamente, y no hablaron más.

—Está bien. Vamos a jugar a la pelota, muchachos, les dijeron los de Xibalbá.

—Bueno, contestaron.

—Usaremos esta nuestra pelota, dijeron los de Xibalbá.

—De ninguna manera usaréis ésa, sino la nuestra, contestaron los muchachos.

—Ésa no, sino la nuestra será la que usaremos, dijeron los de Xibalbá.

—Está bien, dijeron los muchachos.

—Vaya por un gusano *chil*, dijeron los de Xibalbá.

—Eso no, sino que hablará la cabeza del león, dijeron los muchachos.

—Eso no, dijeron los de Xibalbá.

—Está bien, dijo Hunahpú.

Entonces los de Xibalbá arrojaron la pelota, la lanzaron directamente al anillo de Hunahpú. En seguida, mientras los de Xibalbá echaban mano del cuchillo de pedernal, la pelota rebotó y se fue saltando por todo el suelo del juego de pelota.

—¿Qué es esto?, exclamaron Hunahpú e Ixbalanqué. ¿Nos queréis dar la muerte? ¿Acaso no nos mandasteis llamar? ¿Y no vinieron vuestros propios mensajeros? En verdad, ¡desgraciados de nosotros! Nos marcharemos al punto, les dijeron los muchachos.

Eso era precisamente lo que querían que les pasara a los muchachos, que murieran inmediatamente y allí mismo en el juego de pelota y que así fueran vencidos. Pero no fue así, y fueron los de Xibalbá los que salieron vencidos por los muchachos.

—No os marchéis, muchachos, sigamos jugando a la pelota, pero usaremos la vuestra, les dijeron a los muchachos.

—Está bien, contestaron, y entonces metieron la pelota [en el anillo de Xibalbá], con lo cual terminó la partida.

Y lastimados por sus derrotas dijeron en seguida los de Xibalbá:

—¿Cómo haremos para vencerlos? Y dirigiéndose a los muchachos les dijeron: —Id a juntar y a traernos temprano cuatro jícaras de flores. Así dijeron los de Xibalbá a los muchachos.

—Muy bien. ¿Y qué clase de flores?, les preguntaron los muchachos a los de Xibalbá.

—Un ramo de chipilín colorado,[30] un ramo de chipilín blanco, un ramo de chipilín amarillo y un ramo de *Carinimac,* dijeron los de Xibalbá.

—Está bien, dijeron los muchachos.

Así terminó la plática; igualmente fuertes y enérgicas eran las palabras de los muchachos. Y sus corazones estaban tranquilos cuando se entregaron los muchachos para que los vencieran.

Los de Xibalbá estaban felices pensando que ya los habían vencido.

—Esto nos ha salido bien. Primero tienen que cortarlas, dijeron los de Xibalbá. —¿A dónde irán a traer las flores?, decían en sus adentros.

—Con seguridad nos daréis mañana temprano nuestras flores; id, pues, a cortarlas, les dijeron a Hunahpú e Ixbalanqué los de Xibalbá.

—Está bien, contestaron. De madrugada jugaremos de nuevo a la pelota, dijeron y se despidieron.

Y en seguida entraron los muchachos en la Casa de las Navajas, el segundo lugar de tormento de Xibalbá. Y lo que deseaban los Señores era que fuesen despedazados por las navajas, y fueran muertos rápidamente; así lo deseaban sus corazones.

Pero no murieron. Les hablaron en seguida a las navajas [31] y les advirtieron:

—Vuestras serán las carnes de todos los animales, les dijeron a los cuchillos. Y no se movieron más, sino que estuvieron quietas todas las navajas.

Así pasaron la noche en la Casa de las Navajas, y llamando a todas las hormigas, les dijeron: —Hormigas cortadoras, zompopos,[32] ¡venid e inmediatamente id todas a traernos todas las clases de flores que hay que cortar para los Señores!

—Muy bien, dijeron ellas, y se fueron todas las hormigas a traer las flores de los jardines de Hun-Camé y Vucub-Camé.

Previamente les habían advertido [los Señores] a los guardianes de las flores de Xibalbá: —Tened cuidado con nuestras flores, no os las dejéis robar por los muchachos que las irán a cortar. Aunque cómo podrían ser vistas y cortadas por ellos? De ninguna manera. ¡Velad, pues, toda la noche!

—Está bien, contestaron. Pero nada sintieron los guardianes del jardín. Inútilmente lanzaban sus gritos subidos en las ramas de los árboles del jardín. Allí estuvieron toda la noche, repitiendo sus mismos gritos y cantos.

—¡*Ixpurpuvec!* ¡*Ixpurpuvec!*, decía el uno en su grito.

—¡*Puhuyú!* ¡*Puhuyú*, decía en su grito el llamado Puhuyú.[38]

Dos eran los guardianes del jardín de Hun-Camé y Vucub-Camé. Pero no sentían a las hormigas que les robaban lo que estaban cuidando, dando vueltas y moviéndose cortando las flores, subiendo sobre los árboles a cortar las flores y recogiéndolas del suelo al pie de los árboles.

Entre tanto los guardias seguían dando gritos, y no sentían los dientes que les cortaban las colas y las alas.

Y así acarreaban entre los dientes las flores que bajaban, y recogiéndolas se marchaban llevándolas con los dientes.

Pronto llenaron las cuatro jícaras de flores, y estaban húmedas [de rocío] cuando amaneció. En seguida llegaron los mensajeros para recogerlas. —Que vengan, ha dicho el Señor, y que traigan acá al instante lo que han cortado, les dijeron a los muchachos.

—Muy bien, contestaron. Y llevando las flores en las cuatro jícaras, se fueron, y cuando llegaron a presencia del Señor y los demás Señores, daba gusto ver las flores que traían. Y de esta manera fueron vencidos los de Xibalbá.

Sólo a las hormigas habían enviado los muchachos [a cortar las flores], y en una noche las hormigas las cogieron y las pusieron en las jícaras.

Al punto palidecieron todos los de Xibalbá y se les pusieron lívidas las caras a causa de las flores. Luego mandaron llamar a los guardianes de las flores. —¿Por qué os habéis dejado robar nuestras flores? Éstas que aquí vemos son nuestras flores, les dijeron a los guardianes.

—No sentimos nada, Señor. Nuestras colas también han sufrido, contestaron. Y luego les rasgaron la boca en castigo de haberse dejado robar lo que estaba bajo su custodia.

Así fueron vencidos Hun-Camé y Vucub-Camé por Hunahpú e Ixbalanqué. Y éste fue el principio de sus obras.

Desde entonces trae partida la boca el mochuelo, y así hendida la tiene hoy.

En seguida bajaron a jugar a la pelota y jugaron también tantos iguales. Luego acabaron de jugar y quedaron convenidos para la madrugada siguiente. Así dijeron los de Xibalbá.

—Está bien, dijeron los muchachos al terminar.

CAPÍTULO X

Entraron después en la Casa del Frío. No es posible describir el frío que hacía. La casa estaba llena de granizo, era la mansión del frío. Pronto, sin embargo, se quitó el frío porque con troncos viejos lo hicieron desaparecer los muchachos.

Así es que no murieron; estaban vivos cuando amaneció. Ciertamente lo que querían los de Xibalbá era que murieran; pero no fue así, sino que cuando amaneció estaban llenos de salud, y salieron de nuevo cuando los fueron a buscar los mensajeros.

—¿Cómo es eso? ¿No han muerto todavía?, dijo el Señor de Xibalbá. Admirábanse de ver las obras de Hunahpú e Ixbalanqué.

En seguida entraron en la Casa de los Tigres. La casa estaba llena de tigres. —¡No nos mordáis! Aquí está lo que os pertenece, les dijeron a los tigres. Y en seguida les arrojaron unos huesos a los animales. Y éstos se precipitaron sobre los huesos.

—¡Ahora sí se acabaron! Ya les comieron las entrañas. Al fin se han entregado. Ahora les están triturando los huesos. Así decían los guardas, alegres todos por este motivo.

Pero no murieron. Igualmente buenos y sanos salieron de la Casa de los Tigres.

—¿De qué raza son éstos? ¿De dónde han venido?, decían todos los de Xibalbá.

Luego entraron en medio del fuego a una Casa de Fuego, donde sólo fuego había, pero no se quemaron. Sólo ardían las brasas y la leña. Y asimismo estaban sanos cuando amaneció. Pero lo que querían [los de Xibalbá] era que murieran allí dentro, donde habían pasado. Sin embargo, no sucedió así, con lo cual se descorazonaron los de Xibalbá.

Pusiéronlos entonces en la Casa de los Murciélagos. No había más que murciélagos dentro de esta casa, la casa de *Camazotz*, un gran animal, cuyos instrumentos de matar eran como una punta seca, y al instante perecían los que llegaban a su presencia.

88

Estaban, pues, allí dentro, pero durmieron dentro de sus cerbatanas. Y no fueron mordidos por los que estaban en la casa. Sin embargo, uno de ellos tuvo que rendirse a causa de otro Camazotz que vino del cielo y por el cual tuvo que hacer su aparición.

Estuvieron apiñados y en consejo toda la noche los murciélagos y revoloteando: *Quilitz, quilitz*, decían; así estuvieron diciendo toda la noche. Pararon un poco, sin embargo, y ya no se movieron los murciélagos y se estuvieron pegados a la punta de una de las cerbatanas.

Dijo entonces Ixbalanqué a Hunahpú: —¿Comenzará ya a amanecer?, mira tú.

—Tal vez sí, voy a ver, contestó éste.

Y como tenía muchas ganas de ver afuera de la boca de la cerbatana, y quería ver si había amanecido, al instante le cortó la cabeza Camazotz y el cuerpo de Hunahpú quedó decapitado.

Nuevamente preguntó Ixbalanqué: —¿No ha amanecido todavía? Pero Hunahpú no se movía. —¿A dónde se ha ido Hunahpú? ¿Qué es lo que has hecho? Pero no se movía, y permanecía callado.

Entonces se sintió avergonzado Ixbalanqué y exclamó: —¡Desgraciados de nosotros! Estamos completamente vencidos.

Fueron en seguida a colgar la cabeza sobre el juego de pelota por orden expresa de Hun-Camé y Vucub-Camé, y todos los de Xibalbá se regocijaron por lo que había sucedido a la cabeza de Hunahpú.

CAPÍTULO XI

EN SEGUIDA llamó [Ixbalanqué] a todos los animales, al pisote, al jabalí, a todos los animales peque-

89

ños y grandes, durante la noche, y a la madrugada les preguntó cuál era su comida.

—¿Cuál es la comida de cada uno de vosotros?, pues yo os he llamado para que escojáis vuestra comida, les dijo Ixbalanqué.

—Muy bien, contestaron. Y en seguida se fueron a tomar cada uno lo suyo, y se marcharon todos juntos. Unos fueron a tomar las cosas podridas; otros fueron a coger hierbas; otros fueron a recoger piedras. Otros fueron a recoger tierra. Variadas eran las comidas de los animales [pequeños] y de los animales grandes.

Detrás de ellos se había quedado la tortuga, la cual llegó contoneándose a tomar su comida. Y llegando al extremo [del cuerpo] tomó la forma de la cabeza de Hunahpú, y al instante le fueron labrados los ojos.

Muchos sabios vinieron entonces del cielo. El Corazón del Cielo, Huracán, vinieron a cernerse sobre la Casa de los Murciélagos.

Y no fue fácil acabar de hacerle la cara, pero salió muy buena; la cabellera también tenía una hermosa apariencia, y asimismo pudo hablar.

Pero como ya quería amanecer y el horizonte se teñía de rojo, —¡Oscurece de nuevo, viejo!, le fue dicho al zopilote.

—Está bien, contestó el viejo,[34] y al instante oscureció el viejo. "Ya oscureció el zopilote", dice ahora la gente.

Y así, durante la frescura del amanecer, comenzó su existencia.

—¿Estará bien?, dijeron. ¿Saldrá parecido a Hunahpú?

—Está muy bien, contestaron. Y efectivamente,

parecía de hueso la cabeza, se había transformado en una cabeza verdadera.

Luego hablaron entre sí y se pusieron de acuerdo: —No juegues tú a la pelota; haz únicamente como que juegas; yo solo lo haré todo, le dijo Ixbalanqué.

En seguida le dio sus órdenes a un conejo: —Anda a colocarte sobre el juego de pelota; quédate allí entre el encinal, le fue dicho al conejo por Ixbalanqué; cuando te llegue la pelota sal corriendo inmediatamente, y yo haré lo demás, le fue dicho al conejo cuando se le dieron estas instrucciones durante la noche.

En seguida amaneció y los dos muchachos estaban buenos y sanos. Luego bajaron a jugar a la pelota. La cabeza de Hunahpú estaba colgada sobre el juego de pelota.

—¡Hemos triunfado! ¡Habéis labrado vuestra propia ruina; os habéis entregado!, les decían. De esta manera provocaban a Hunahpú.

—Pégale a la cabeza con la pelota, le decían. Pero no lo molestaban con esto, él no se daba por entendido.

Luego arrojaron la pelota los Señores de Xibalbá. Ixbalanqué le salió al encuentro; la pelota iba derecho al anillo, pero se detuvo, rebotando, pasó rápidamente por encima del juego de pelota y de un salto se dirigió hasta el encinal.

El conejo salió al instante y se fue saltando; y los de Xibalbá corrían persiguiéndolo. Iban haciendo ruido y gritando tras el conejo. Acabaron por irse todos los de Xibalbá.

En seguida se apoderó Ixbalanqué de la cabeza de Hunahpú; se llevó de nuevo la tortuga y fue a colocarla sobre el juego de pelota. Y aquella cabeza

91

era verdaderamente la cabeza de Hunahpú y los dos muchachos se pusieron muy contentos.

Corrieron, pues, los de Xibalbá a buscar la pelota y habiéndola encontrado entre las encinas, los llamaron, diciendo:

—Venid acá. Aquí está la pelota, nosotros la encontramos, dijeron, y la tenían colgando.

Cuando regresaron los de Xibalbá exclamaron:
—¿Qué es lo que vemos?

Luego comenzaron nuevamente a jugar. Tantos iguales hicieron por ambas partes.

En seguida Ixbalanqué le lanzó una piedra a la tortuga; ésta se vino al suelo y cayó en el patio del juego de pelota hecha mil pedazos como pepitas, delante de los Señores.

—¿Quién de vosotros irá a buscarla? ¿Dónde está el que irá a traerla?, dijeron los de Xibalbá.

Y así fueron vencidos los Señores de Xibalbá por Hunahpú e Ixbalanqué. Grandes trabajos pasaron éstos, pero no murieron, a pesar de todo lo que les hicieron.

CAPÍTULO XII

He aquí la memoria de la muerte de Hunahpú e Ixbalanqué. Ahora contaremos la manera como murieron.

Habiendo sido prevenidos de todos los sufrimientos que les querían imponer, no murieron de los tormentos de Xibalbá, ni fueron vencidos por todos los animales feroces que había en Xibalbá.

Mandaron llamar después a dos adivinos que eran como profetas; llamábanse *Xulú* y *Pacam* y eran sabios, y les dijeron:

—Se os preguntará por los Señores de Xibalbá

acerca de nuestra muerte, que están concertando y preparando por el hecho de que no hemos muerto, ni nos han podido vencer, ni hemos perecido en sus tormentos, ni nos han atacado los animales. Tenemos el presentimiento en nuestro corazón de que usarán la hoguera para darnos muerte. Todos los de Xibalbá se han reunido, pero la verdad es que no moriremos. He aquí, pues, nuestras instrucciones sobre lo que debéis decir:

—Si os vinieren a consultar acerca de nuestra muerte y que seamos sacrificados, ¿qué diréis entonces vosotros, Xulú y Pacam? Si os dijeren: "¿No será bueno arrojar sus huesos en el barranco?" "¡No conviene —diréis— porque resucitarán después!" Si os dijeren: "¿No será bueno que los colguemos de los árboles?", contestaréis: "De ninguna manera convicne, porque entonces también les volveréis a ver las caras". Y cuando por tercera vez os digan: "¿Será bueno que arrojemos sus huesos al río?"; si así os fuere dicho por ellos: "Así conviene que mueran —diréis—; luego conviene moler sus huesos en la piedra, como se muele la harina de maíz; que cada uno sea molido [por separado]; en seguida arrojadlos al río, allí donde brota la fuente, para que se vayan por todos los cerros pequeños y grandes." Así les responderéis cuando pongáis en práctica el plan que os hemos aconsejado, dijeron Hunahpú e Ixbalanqué. Y cuando se despidieron de ellos, ya tenían conocimiento de su muerte. Hicieron entonces una gran hoguera, una especie de horno hicieron los de Xibalbá y lo llenaron de ramas gruesas.

Luego llegaron los mensajeros que habían de acompañarlos, los mensajeros de Hun-Camé y de Vucub-Camé.

—"¡Que vengan! Id a buscar a los muchachos, id allá para que sepan que los vamos a quemar." Esto dijeron los Señores, ¡oh muchachos!, exclamaron los mensajeros.

—Está bien, contestaron. Y poniéndose rápidamente en camino, llegaron junto a la hoguera. Allí quisieron obligarlos a divertirse con ellos.

—¡Tomemos nuestra chicha y volemos cuatro veces cada uno [encima de la hoguera], muchachos!, les fue dicho por Hun-Camé.

—No tratéis de engañarnos, contestaron. ¿Acaso no tenemos conocimiento de nuestra muerte, ¡oh Señores!, y de que eso es lo que aquí nos espera? Y juntándose frente a frente, extendieron ambos los brazos, se inclinaron hacia el suelo y se precipitaron en la hoguera, y así murieron los dos juntos.

Todos los de Xibalbá se llenaron de alegría y dando muchas voces y silbidos, exclamaban: —¡Ahora sí los hemos vencidos! ¡Por fin se han entregado!

En seguida llamaron a Xulú y Pacam, a quienes [los muchachos] habían dejado advertidos, y les preguntaron qué debían hacer con sus huesos, tal como ellos les habían pronosticado. Los de Xibalbá molieron entonces sus huesos y fueron a arrojarlos al río. Pero éstos no fueron muy lejos, pues asentándose al punto en el fondo del agua, se convirtieron en hermosos muchachos. Y cuando de nuevo se manifestaron, tenían en verdad sus mismas caras.[35]

CAPÍTULO XIII

AL QUINTO día volvieron a aparecer y fueron vistos en el agua por la gente. Tenían ambos la apariencia de hombres-peces [36] cuando los vieron los de Xibalbá, después de buscarlos por todo el río.

94

Y al día siguiente se presentaron dos pobres, de rostro avejentado y aspecto miserable, vestidos de harapos, y cuya apariencia no los recomendaba. Así fueron vistos por los de Xibalbá.

Y era poca cosa lo que hacían. Solamente se ocupaban en bailar el baile del *Puhuy* [lechuza o chotacabra], el baile del *Cux* [comadreja] y el del *Iboy* [armadillo], y bailaban también el *Ixtzul* [ciempiés] y el *Chitic* [el que anda sobre zancos].[87]

Además, obraban muchos prodigios. Quemaban las casas como si de veras ardieran y al punto las volvían a su estado anterior. Muchos de los de Xibalbá los contemplaban con admiración.

Luego se despedazaban a sí mismos; se mataban el uno al otro; tendíase como muerto el primero a quien habían matado, y al instante lo resucitaba el otro. Los de Xibalbá miraban con asombro todo lo que hacían, y ellos lo ejecutaban como el principio de su triunfo sobre los de Xibalbá.

Llegó en seguida la noticia de sus bailes a oídos de los Señores Hun-Camé y Vucub-Camé. Al oírla exclamaron: —¿Quiénes son esos dos huérfanos? ¿Realmente os causan tanto placer?

—Ciertamente son muy hermosos sus bailes y todo lo que hacen, contestó el que había llevado la noticia a los Señores.

Contentos de oír esto, enviaron entonces a sus mensajeros a que los llamaran con halagos. —"Que vengan acá, que vengan para que veamos lo que hacen, que los admiremos y nos maravillen. Esto dicen los Señores." Así les diréis a ellos, les fue dicho a los mensajeros.

Llegaron éstos en seguida ante dos bailarines y les comunicaron la orden de los Señores.

—No queremos, contestaron, porque francamente

nos da vergüenza. ¿Cómo no nos ha de dar vergüenza presentarnos en la casa de los Señores con nuestra mala catadura, nuestros ojos tan grandes y nuestra pobre apariencia? ¿No estáis viendo que no somos más que unos [pobres] bailarines? ¿Qué les diremos a nuestros compañeros de pobreza que han venido con nosotros y desean ver nuestros bailes y divertirse con ellos? ¿Por ventura podríamos hacer lo mismo con los Señores? Así, pues, no queremos ir, mensajeros, dijeron Hunahpú e Ixbalanqué.

Con el rostro abrumado de contrariedad y de pena se fueron al fin; pero por algún tiempo no querían caminar y los mensajeros tuvieron que pegarles varias veces en la cara cuando se dirigían a la residencia de los Señores.

Llegaron, pues, ante los Señores, con aire encogido e inclinando la frente; llegaron prosternándose, haciendo reverencias y humillándose.[38] Se veían extenuados, andrajosos, y su aspecto era realmente de vagabundos cuando llegaron.

Preguntáronles en seguida por su patria y por su pueblo; preguntáronles también por su madre y su padre.

—¿De dónde venís?, les dijeron.

—No lo sabemos, señor No conocemos la cara de nuestra madre ni la de nuestro padre: éramos pequeños cuando murieron, contestaron, y no dijeron una palabra más.

—Está bien. Ahora haced [vuestros juegos] para que os admiremos. ¿Qué deseáis? Os daremos vuestra recompensa, les dijeron.

—No queremos nada; pero verdaderamente tenemos mucho miedo, le dijeron al Señor.

—No os aflijáis, no tengáis miedo. ¡Bailad! Y haced primero la parte en que os matáis; quemad

96

mi casa, haced todo lo que sabéis. Nosotros os admiraremos, pues eso lo que desean nuestros corazones. Y para que os vayáis después, pobres gentes, os daremos vuestra recompensa, les dijeron.

Entonces dieron principio a sus cantos y a sus bailes. Todos los de Xibalbá llegaron y se juntaron para verlos. Luego representaron el baile del *Cux*, bailaron el *Puhuy* y bailaron el *Iboy*.

Y les dijo el Señor: —Despedazad a mi perro y que sea resucitado por vosotros, les dijo.

—Está bien, contestaron, y despedazaron al perro. En seguida lo resucitaron. Verdaderamente lleno de alegría estaba el perro cuando fue resucitado, y movía la cola cuando lo revivieron.

El Señor les dijo entonces: —¡Quemad ahora mi casa! Así les dijo. Al momento quemaron la casa del Señor, y aunque estaban juntos todos los Señores dentro de la casa, no se quemaron. Pronto volvió a quedar buena y ni un instante estuvo perdida la casa de Hun-Camé.

Maravilláronse todos los Señores y asimismo sus bailes les causaban mucho placer.

Luego les fue dicho por el Señor: —Matad ahora a un hombre, sacrificadlo, pero que no muera, dijeron.

—Muy bien, contestaron. Y cogiendo a un hombre, lo sacrificaron en seguida, y levantando en alto el corazón de este hombre, lo suspendieron a la vista de los Señores.

Maravilláronse de nuevo Hun-Camé y Vucub-Camé. Un instante después fue resucitado el hombre por ellos [por los muchachos] y su corazón se alegró grandemente cuando fue resucitado.

Los Señores estaban asombrados. —¡Sacrificaos ahora a vosotros mismos, que lo veamos nosotros!

¡Nuestros corazones desean verdaderamente vuestros bailes!, dijeron los Señores.

—Muy bien, Señor, contestaron. Y a continuación se sacrificaron. Hunahpú fue sacrificado por Ixbalanqué; uno por uno fueron cercenados sus brazos y sus piernas, fue separada su cabeza y llevada a distancia, su corazón arrancado del pecho y arrojado sobre la hierba. Todos los Señores de Xibalbá estaban fascinados. Miraban con admiración, y sólo uno estaba bailando, que era Ixbalanqué.

—¡Levántate!, dijo éste, y al punto volvió a la vida. Alegráronse mucho [los jóvenes] y los Señores se alegraron también. En verdad, lo que hacían alegraba el corazón de Hun-Camé y Vucub-Camé y éstos sentían como si ellos mismos estuvieran bailando.[39]

Sus corazones se llenaron en seguida de deseo y ansiedad por los bailes de Hunahpú e Ixbalanqué. Dieron entonces sus órdenes Hun-Camé y Vucub-Camé.

—¡Haced lo mismo con nosotros! ¡Sacrificadnos!, dijeron. ¡Despedazadnos uno por uno!, les dijeron Hun-Camé y Vucub-Camé a Hunahpú e Ixbalanqué.

—Está bien; después resucitaréis. ¿Acaso no nos habéis traído para que os divirtamos a vosotros, los Señores, y a vuestros hijos y vasallos?, les dijeron a los Señores.

Y he aquí que primero sacrificaron al que era su jefe y Señor, el llamado Hun-Camé, rey de Xibalbá.

Y muerto Hun-Camé, se apoderaron de Vucub-Camé. Y no los resucitaron.

Los de Xibalbá se pusieron en fuga luego que vieron a los Señores muertos y sacrificados. En un instante fueron sacrificados los dos. Y esto se hizo para castigarlos. Rápidamente fue muerto el Señor Principal. Y no lo resucitaron.

Y un Señor se humilló entonces, presentándose ante los bailarines. No lo habían descubierto, ni lo habían encontrado. —¡Tened piedad de mí!, dijo cuando se dio a conocer.

Huyeron todos los hijos y vasallos de Xibalbá a un gran barranco, y se metieron todos en un hondo precipicio. Allí estaban amontonados cuando llegaron innumerables hormigas que los descubrieron y los desalojaron del barranco. De esta manera los sacaron al camino y cuando llegaron se prosternaron y se entregaron todos, se humillaron y llegaron afligidos.

Así fueron vencidos los Señores de Xibalbá. Sólo por un prodigio y por su transformación pudieron hacerlo.[40]

CAPÍTULO XIV

En seguida dijeron sus nombres y se ensalzaron a sí mismos ante todos los de Xibalbá.

—Oíd nuestros nombres. Os diremos también los nombres de nuestros padres. Nosotros somos Ixhunahpú e Ixbalanqué, éstos son nuestros nombres.[41] Y nuestros padres son aquéllos que matasteis y que se llamaban Hun-Hunahpú y Vucub-Hunahpú. Nosotros, los que aquí veis, somos, pues, los vengadores de los dolores y sufrimientos de nuestros padres. Por eso nosotros sufrimos todos los males que les hicisteis. En consecuencia, os acabaremos a todos vosotros, os daremos muerte y ninguno escapará, les dijeron.

Al instante cayeron de rodillas, todos los de Xibalbá.

—¡Tened misericordia de nosotros, Hunahpú e Ixbalanqué! Es cierto que pecamos contra vuestros padres que decís y que están enterrados en Pucbal-Chah, dijeron.

—Está bien. Ésta es nuestra sentencia, la que os vamos a comunicar. Oídla todos vosotros los de Xibalbá:

—Puesto que ya no existe vuestro gran poder ni vuestra estirpe, y tampoco merecéis misericordia, será rebajada la condición de vuestra sangre. No será para vosotros el juego de pelota.[42] Solamente os ocuparéis de hacer cacharros, apastes[43] y piedras de moler maíz. Sólo los hijos de las malezas y del desierto hablarán con vosotros. Los hijos esclarecidos, los vasallos civilizados no os pertenecerán y se alejarán de vuestra presencia. Los pecadores, los malos, los tristes, los desventurados, los que se entregan al vicio, ésos son los que os acogerán. Ya no os apoderaréis repentinamente de los hombres, y tened presente la humildad de vuestra sangre. Así les dijeron a todos los de Xibalbá.

De esta manera comenzó su destrucción y comenzaron sus lamentos. No era mucho su poder antiguamente. Sólo les gustaba hacer el mal a los hombres en aquel tiempo. En verdad no tenían antaño la condición de dioses. Además, sus caras horribles causaban espanto. Eran los Enemigos, los Buhos.[44] Incitaban al mal, al pecado y a la discordia.

Eran también falsos de corazón, negros y blancos a la vez,[45] envidiosos y tiranos, según contaban. Además, se pintaban y untaban la cara.

Así, fue, pues, la pérdida de su grandeza y la decadencia de su imperio.

Y esto fue lo que hicieron Hunahpú e Ixbalanqué.

Mientras tanto la abuela lloraba y se lamentaba frente a las cañas que ellos habían dejado sembradas. Las cañas retoñaron, luego se secaron cuando los quemaron en la hoguera; después retoñaron otra vez. Entonces la abuela encendió el fuego y quemó copal ante las cañas en memoria de sus nietos. Y el corazón de su abuela se llenó de alegría cuando por segunda vez retoñaron las cañas. Entonces fueron adoradas por la abuela y ésta las llamó el Centro de la Casa, *Nicah* [el centro] se llamaron.

Cañas vivas en la tierra llana [*Cazam Ah Chatam Uleu*] fue su nombre. Y fueron llamadas el centro de la Casa y el Centro, porque en medio de su casa sembraron ellos las cañas. Y se llamó Tierra Allanada, Cañas Vivas en la Tierra Llana, a las cañas que sembraron. Y también las llamó Cañas Vivas porque retoñaron. Este nombre les fue dado por Ixmucané a las que dejaron sembradas Hunahpú e Ixbalanqué para que fueran recordados por su abuela.

Ahora bien, sus padres, los que murieron antiguamente, fueron Hun-Hunahpú y Vucub-Hunahpú. Ellos vieron también las caras de sus padres allá en Xibalbá y sus padres hablaron con sus descendientes, los que vencieron a los de Xibalbá.

Y he aquí cómo fueron honrados sus padres por ellos. Honraron a Vucub-Hunahpú; fueron a honrarlo al Sacrificadero del juego de pelota. Y asimismo quisieron hacerle la cara. Buscaron allí todo su ser, la boca, la nariz, los ojos. Encontraron su cuerpo, pero muy poco pudieron hacer. No pronunció su nombre el Hunahpú. Ni pudo decirlo su boca.

Y he aquí cómo ensalzaron la memoria de sus padres, a quienes habían dejado y dejaron allá en el Sacrificadero del juego de pelota: "Vosotros seréis invocados", les dijeron sus hijos, cuando se fortaleció su corazón. "Seréis los primeros en levantaros

101

y seréis adorados los primeros por los hijos esclarecidos, por los vasallos civilizados. Vuestros nombres no se perderán. ¡Así será!", dijeron a sus
padres y se consoló su corazón. "Nosotros somos
los vengadores de vuestra muerte, de las penas y
dolores que os causaron."

Así fue su despedida, cuando ya habían vencido
a todos los de Xibalbá.

Luego subieron en medio de la luz y al instante
se elevaron al cielo. Al uno le tocó el sol y al otro
la luna. Entonces se iluminó la bóveda del cielo
y la faz de la tierra. Y ellos moran en el cielo.

Entonces subieron también los cuatrocientos muchachos a quienes mató Zipacná, y así se volvieron
compañeros de aquéllos y se convirtieron en estrellas del cielo.

TERCERA PARTE

CAPÍTULO PRIMERO

HE AQUÍ, pues, el principio de cuando se dispuso hacer al hombre, y cuando se buscó lo que debía entrar en la carne del hombre.

Y dijeron los Progenitores, los Creadores y Formadores, que se llaman Tepeu y Gucumatz: "Ha llegado el tiempo del amanecer, de que se termine la obra y que aparezcan los que nos han de sustentar y nutrir, los hijos esclarecidos, los vasallos civilizados; que aparezca el hombre, la humanidad, sobre la superficie de la tierra." Así dijeron.

Se juntaron, llegaron y celebraron consejo en la oscuridad y en la noche; luego buscaron y discutieron, y aquí reflexionaron y pensaron. De esta manera salieron a luz claramente sus decisiones y encontraron y descubrieron lo que debía entrar en la carne del hombre.

Poco faltaba para que el sol, la luna y las estrellas aparecieran sobre los Creadores y Formadores.

De *Paxil*, de *Cayalá*, así llamados, vinieron las mazorcas amarillas y las mazorcas blancas.

Éstos son los nombres de los animales que traje· ron la comida:[1] *Yac* [el gato de monte], *Utiú* [el coyote], *Quel* [una cotorra vulgarmente llamada chocoyo] y *Hoh* [el cuervo]. Estos cuatro animales les dieron la noticia de las mazorcas amarillas y las mazorcas blancas, les dijeron que fueran a Paxil y les enseñaron el camino de Paxil.

Y así encontraron la comida y ésta fue la que entró en la carne del hombre creado, del hombre formado; ésta fue su sangre, de ésta se hizo la sangre del hombre. Así entró el maíz [en la formación del hombre] por obra de los Progenitores.

Y de esta manera se llenaron de alegría, porque habían descubierto una hermosa tierra, llena de deleites, abundante en mazorcas amarillas y mazorcas blancas y abundante también en pataxte y cacao, y en innumerables zapotes, anonas, jocotes, nances, matasanos y miel. Abundancia de sabrosos alimentos había en aquel pueblo llamado de Paxil y Cayalá.

Había alimentos de todas clases, alimentos pequeños y grandes, plantas pequeñas y plantas grandes. Los animales enseñaron el camino. Y moliendo entonces las mazorcas amarillas y las mazorcas blancas, hizo Ixmucané nueve bebidas, y de este alimento provinieron la fuerza y la gordura y con él crearon los músculos y el vigor del hombre. Esto hicieron los Progenitores, Tepeu y Gucumatz, así llamados.

A continuación entraron en pláticas acerca de la creación y la formación de nuestra primera madre y padre. De maíz amarillo y de maíz blanco se hizo su carne; de masa de maíz se hicieron los brazos y las piernas del hombre. Únicamente masa de maíz entró en la carne de nuestros padres, los cuatro hombres que fueron creados.

CAPÍTULO II

Éstos son los nombres de los primeros hombres que fueron creados y formados: el primer hombre fue *Balam-Quitzé*, el segundo *Balam-Acab*, el tercero *Mahucutah* y el cuarto *Iqui-Balam*.

Éstos son los nombres de nuestras primeras madres y padres.[2]

Se dice que ellos sólo fueron hechos y formados, no tuvieron madre, no tuvieron padre. Solamente se les llamaba varones. No nacieron de mujer, ni fueron engendrados por el Creador y el Formador, por los Progenitores. Sólo por un prodigio, por obra de encantamiento fueron creados y formados por el Creador, el Formador, los Progenitores, Tepeu y Gucumatz. Y como tenían la apariencia de hombres, hombres fueron; hablaron, conversaron, vieron y oyeron, anduvieron, agarraban las cosas; eran hombres buenos y hermosos y su figura era figura de varón.

Fueron dotados de inteligencia; vieron y al punto se extendió su vista, alcanzaron a ver, alcanzaron a conocer todo lo que hay en el mundo. Cuando miraban, al instante veían a su alrededor y contemplaban en torno a ellos la bóveda del cielo y la faz redonda de la tierra.

Las cosas ocultas [por la distancia] las veían todas, sin tener primero que moverse; en seguida veían el mundo y asimismo desde el lugar donde estaban lo veían.

Grande era su sabiduría; su vista llegaba hasta los bosques, las rocas, los lagos, los mares, las montañas y los valles. En verdad eran hombres admirables Balam-Quitzé, Balam-Acab, Mahucutah e Iqui-Balam.

Entonces les preguntaron el Creador y el Formador: —¿Qué pensáis de vuestro estado? ¿No miráis? ¿No oís? ¿No son buenos vuestro lenguaje y vuestra manera de andar? ¡Mirad, pues! ¡Contemplad el mundo, ved si aparecen las montañas y los valles! ¡Probad, pues, a ver!, les dijeron.

Y en seguida acabaron de ver cuanto había en el mundo. Luego dieron las gracias al Creador y al Formador: —¡En verdad os damos gracias dos y tres veces! Hemos sido creados, se nos ha dado una boca y una cara, hablamos, oímos, pensamos y andamos; sentimos perfectamente y conocemos lo que está lejos y lo que está cerca. Vemos también lo grande y lo pequeño en el cielo y en la tierra. Os damos gracias, pues, por habernos creado, ¡oh Creador y Formador!, por habernos dado el ser, ¡oh abuela nuestra!, ¡oh nuestro abuelo!, dijeron dando las gracias por su creación y formación.

Acabaron de conocerlo todo y examinaron los cuatro rincones y los cuatro puntos de la bóveda del cielo y de la faz de la tierra.

Pero el Creador y el Formador no oyeron esto con gusto.

—No está bien lo que dicen nuestras criaturas, nuestras obras; todo lo saben, lo grande y lo pequeño, dijeron. Y así celebraron consejo nuevamente los Progenitores: —¿Qué haremos ahora con ellos? ¡Que su vista sólo alcance a lo que está cerca, que sólo vean un poco de la faz de la tierra! No está bien lo que dicen. ¿Acaso no son por su naturaleza simples criaturas y hechuras [nuestras]? ¿Han de ser ellos también dioses? ¿Y si no procrean y se multiplican cuando amanezca, cuando salga el sol? ¿Y si no se propagan? Así dijeron.

—Refrenemos un poco sus deseos, pues no está bien lo que vemos. ¿Por ventura se han de igualar ellos a nosotros, sus autores, que podemos abarcar grandes distancias, que lo sabemos y vemos todo?

Esto dijeron el Corazón del Cielo, Huracán, Chipi-Caculhá, Raxa-Caculhá, Tepeu, Gucumatz, los Progenitores, Ixpiyacoc, Ixmucané, el Creador y el Formador. Así hablaron y en seguida cambiaron la naturaleza de sus obras, de sus criaturas.

Entonces el Corazón del Cielo les echó un vaho sobre los ojos, los cuales se empañaron como cuando se sopla sobre la luna de un espejo. Sus ojos se velaron y sólo pudieron ver lo que estaba cerca, sólo esto era claro para ellos.

Así fue destruida su sabiduría y todos los conocimientos de los cuatro hombres, origen y principio [de la raza quiché].

Así fueron creados y formados nuestros abuelos, nuestros padres, por el Corazón del Cielo, el Corazón de la Tierra.

CAPÍTULO III

ENTONCES existieron también sus esposas y fueron hechas sus mujeres. Dios mismo las hizo cuidadosamente. Y así, durante el sueño, llegaron, verdaderamente hermosas, sus mujeres, al lado de Balam-Quitzé, Balam-Acab, Mahucutah e Iqui-Balam.

Allí estaban sus mujeres, cuando despertaron, y al instante se llenaron de alegría sus corazones a causa de sus esposas.

He aquí los nombres de sus mujeres: *Cahá-Paluna,* era el nombre de la mujer de Balam-Quitzé; *Chomihá* se llamaba la mujer de Balam-Acab; *Tzununihá,* la mujer de Mahucutah; y *Caquixahá* era el nombre de la mujer de Iqui-Balam. Éstos son los nombres de sus mujeres, las cuales eran Señoras principales.

Ellos engendraron a los hombres, a las tribus pequeñas y a las tribus grandes, y fueron el origen de nosotros, la gente del Quiché. Muchos eran los sacerdotes y sacrificadores; no eran solamente cuatro, pero estos cuatro fueron los progenitores de nosotros la gente del Quiché.

Diferentes eran los nombres de cada uno cuando se multiplicaron allá en el Oriente, y muchos eran los nombres de la gente: *Tepeu, Olomán, Cohah, Quenech, Ahau*, que así se llamaban estos hombres allá en el Oriente, donde se multiplicaron.³

Se conoce también el principio de los de *Tamub* y los de *Ilocab*, que vinieron juntos de allá del Oriente. Balam-Quitzé era el abuelo y el padre de las nueve casas grandes de los *Cavec;* Balam-Acab era el abuelo y padre de las nueve casas grandes de los *Nihaib;* Cahucutah, el abuelo y padre de las cuatro casas grandes de *Ahau-Quiché.*

Tres grupos de familias existieron; pero no olvidaron el nombre de su abuelo y padre, los que se propagaron y multiplicaron allá en el Oriente.

Vinieron también los Tamub y los Ilocab, y trece ramas de pueblos, los trece de *Tecpán*, y los *Rabinales*, los *Cakchiqueles*, los de *Tziquinahá*, y los *Zacahá* y los *Lamaq, Cumatz, Tuhalhá, Uchabahá*, los de *Chumilahá*, los de *Quibahá*, los de *Batenabá, Acul-Vinac, Balamihá*, los *Canchaheles* y *Balam-Colob.*⁴

Éstas son solamente las tribus principales, las ramas del pueblo, que nosotros mencionamos; sólo de las principales hablaremos. Muchas otras salieron de cada grupo del pueblo, pero no escribiremos sus nombres. Ellas también se multiplicaron allá en el Oriente.

Muchos hombres fueron hechos y en la oscuridad se multiplicaron. No había nacido el sol ni la luz cuando se multiplicaron. Juntos vivían todos, en gran número existían y andaban allá en el Oriente.

Sin embargo, no sustentaban ni mantenían [a su Dios]; solamente alzaban las caras al cielo y no sabían qué habían venido a hacer tan lejos.

Allí estuvieron entonces en gran número los hombres negros y los hombres blancos, hombres de muchas clases, hombres de muchas lenguas, que causaba admiración oírlas.

Hay generaciones en el mundo, hay gentes montaraces, a las que no se les ve la cara; no tienen casas, sólo andan por los montes pequeños y grandes, como locos. Así decían despreciando a la gente del monte.

Así decían allá donde veían la salida del sol. Una misma era la lengua de todos. No invocaban la madera ni la piedra, y se acordaban de la palabra del Creador y Formador, del Corazón del Cielo, del Corazón de la Tierra.

Así hablaban y esperaban con inquietud la llegada de la aurora. Y elevaban sus ruegos, aquellos adoradores de la palabra [de Dios], amantes, obedientes y temerosos, levantando las caras al cielo cuando pedían hijas e hijos:

—"¡Oh tú, Tzacol, Bitol! ¡Míranos, escúchanos! ¡No nos dejes, no nos desampares, oh Dios, que estás en el cielo y en la tierra, Corazón del Cielo, Corazón de la Tierra! ¡Danos nuestra descendencia, nuestra sucesión, mientras camine el sol y haya claridad! ¡Que amanezca, que llegue la aurora! ¡Danos muchos buenos caminos, caminos planos! ¡Que los pueblos tengan paz, mucha paz, y sean felices; y danos buena vida y útil existencia! ¡Oh tú, Huracán, Chipi-Caculhá, Raxa-Caculhá, Chipi-Nanauac, Raxa-Nanauac, Voc, Hunahpú, Tepeu, Gucumatz, Alom, Qaholom, Ixpiyacoc, Ixmucané, abuela del sol, abuela de la luz! ¡Que amanezca y que llegue la aurora!

Así decían mientras veían e invocaban la salida del sol, la llegada de la aurora; y al mismo tiempo que veían la salida del sol, contemplaban el lucero del alba, la gran estrella precursora del sol, que alumbra la bóveda del cielo y la superficie de la tierra, e ilumina los pasos de los hombres creados y formados.

CAPÍTULO IV

Balam-Quitzé, Balam-Acab, Mahucutah e Iqui-Balam dijeron: —Aguardemos que amanezca. Así dijeron aquellos grandes sabios, los varones entendidos, los sacerdotes y sacrificadores. Esto dijeron.

Nuestras primeras madres y padres no tenían todavía maderos ni piedras que custodiar,[5] pero sus corazones estaban cansados de esperar el sol. Y ya eran muy numerosos todos los pueblos y la gente *yaqui*,[6] los sacerdotes y sacrificadores.

—¡Vámonos, vamos a buscar y a ver si están guardados nuestros símbolos!, si encontramos lo que pondremos a arder ante ellos.[7] Pues estando de esta manera no tenemos quien vele por nosotros, dijeron Balam-Quitzé, Balam-Acab, Mahucutah e Iqui-Balam.

Y habiendo llegado a sus oídos la noticia de una ciudad, se dirigieron hacia allá.

Ahora bien, el nombre del lugar a donde se dirigieron Balam-Quitzé, Balam-Acab, Mahucutah e Iqui-Balam y los de Tamub e Ilocab era *Tulán-Zuiva, Vucub-Pec, Vucub-Ziván*.[8] Éste era el nombre de la ciudad a donde fueron a recibir a sus dioses.

Así, pues, llegaron todos a Tulán. No era posible contar los hombres que llegaron; eran muchísimos y caminaban ordenadamente.

Fue entonces la salida de sus dioses; primero los de Balam-Quitzé, Balam-Acab, Mahucutah e Iqui-Balam, quienes se llenaron de alegría: —¡Por fin hemos hallado lo que buscábamos!, dijeron.

110

Y el primero que salió fue *Tohil*, que así se llamaba este dios, y lo sacó a cuestas en su arca [9] Balam-Quitzé. En seguida sacaron al dios que se llamaba *Avilix*, a quien llevó Balam-Acab. Al dios que se llamaba *Hacavitz* lo llevaba Mahucutah; y al dios llamado *Nicahtacah* lo condujo Iqui-Balam.

Y junto con la gente del Quiché, lo recibieron también los de Tamub. Y asimismo Tohil fue el nombre del dios de los de Tamub, que recibieron el abuelo y padre de los Señores de Tamub que conocemos hoy día.

En tercer lugar estaban los de Ilocab. Tohil era también el nombre del dios que recibieron los abuelos y los padres de los Señores a quienes igualmente conocemos ahora.

Así fueron llamadas las tres [familias] quichés y no se separaron porque era uno el nombre de su dios, Tohil de los Quichés, Tohil de los Tamub y de los Ilocab; uno solo era el nombre del dios, y por eso no se dividieron las tres [familias] quichés.

Grande era en verdad la naturaleza de los tres, Tohil, Avilix y Hacavitz.

Y entonces llegaron todos los pueblos, los de Rabinal, los Cakchiqueles, los de Tziquinahá y las gentes que ahora se llaman Yaquis. Y allí fue donde se alteró el lenguaje de las tribus; diferentes volviéronse sus lenguas. Ya no podían entenderse claramente entre sí después de haber llegado a Tulán. Allí también se separaron, algunas hubo que se fueron para el Oriente,[10] pero muchas se vinieron para acá.

Y sus vestidos eran solamente pieles de animales; no tenían buenas ropas que ponerse, las pieles de animales eran su único atavío. Eran pobres, nada poseían, pero su naturaleza era de hombres prodigiosos.

Cuando llegaron a Tulán-Zuiva, Vucub-Pec, Vucub-Ziván, dicen las antiguas tradiciones que habían andado mucho para llegar a Tulán.

CAPÍTULO V

Y NO tenían fuego. Solamente lo tenían los de Tohil. Éste era el dios de las tribus que fue el primero que creó el fuego. No se sabe cómo nació, porque ya estaba ardiendo el fuego cuando lo vieron Balam-Quitzé y Balam-Acab.

—¡Ay, nuestro fuego ya no existe! Moriremos de frío, dijeron. Entonces Tohil les contestó: —¡No os aflijáis! Vuestro será el fuego perdido de que habláis, les dijo entonces Tohil.

—¿De veras? ¡Oh Dios, nuestro sostén, nuestro mantenedor, tú, nuestro Dios!, dijeron, dándole sus agradecimientos.

Y Tohil les respondió: —Está bien, ciertamente yo soy vuestro Dios; ¡que así sea! Yo soy vuestro Señor; ¡que así sea! Así les fue dicho a los sacerdotes y sacrificadores por Tohil. Y así recibieron su fuego las tribus y se alegraron a causa del fuego.

En seguida comenzó a caer un gran aguacero, cuando ya estaba ardiendo el fuego de las tribus. Gran cantidad de granizo cayó sobre las cabezas de todas las tribus, y el fuego se apagó a causa del granizo, y nuevamente se extinguió su fuego.

Entonces Balam-Quitzé y Balam-Acab le pidieron otra vez su fuego a Tohil: —¡Ah, Tohil, verdaderamente nos morimos de frío!, le dijeron a Tohil.

—Está bien, no os aflijáis, contestó Tohil, y al instante sacó fuego, dando vueltas dentro de su zapato.[11]

112

Alegráronse al punto Balam-Quitzé, Balam-Acab, Mahucutah e Iqui-Balam, y en seguida se calentaron. Ahora bien, el fuego de los pueblos [de Vucamag] se había apagado igualmente, y aquéllos se morían de frío.

En seguida llegaron a pedir su fuego a Balam-Quitzé, Balam-Acab, Mahucutah e Iqui-Balam. Ya no podían soportar el frío ni la helada; estaban temblando y dando diente con diente; ya no tenían vida; las piernas y las manos les temblaban y nada podían coger con éstas cuando llegaron.

—No nos causa vergüenza venir ante vosotros a pediros que nos deis un poco de vuestro fuego, dijeron al llegar. Pero no fueron bien recibidos. Y entonces se llenó de tristeza el corazón de las tribus.

—El lenguaje de Balam-Quitzé, Balam-Acab, Mahucutah e Iqui-Balam es diferente. ¡Ay! ¡Hemos abandonado nuestra lengua! ¿Qué es lo que hemos hecho? Estamos perdidos. ¿En dónde fuimos engañados? Una sola era nuestra lengua cuando llegamos allá a Tulán; de una sola manera habíamos sido creados y educados. No está bien lo que hemos hecho, dijeron todas las tribus bajo los árboles y los bejucos.

Entonces se presentó un hombre ante Balam-Quitzé, Balam-Acab, Mahucutah e Iqui-Balam, y habló de esta manera el mensajero de Xibalbá: —Éste es, en verdad, vuestro Dios; éste es vuestro sostén; ésta es, además, la representación, el recuerdo de vuestro Creador y Formador. No les deis, pues, su fuego a los pueblos, hasta que ellos ofrenden a Tohil. No es menester que os den algo a vosotros. Preguntad a Tohil qué es lo que deben dar cuando vengan a recibir el fuego, les dijo el de Xibalbá. Éste tenía alas como las alas del murciélago. Yo soy enviado

113

por vuestro Creador, por vuestro Formador, dijo el de Xibalbá.

Llenáronse entonces de alegría, y se ensancharon también los corazones de Tohil, Avilix y Hacavitz cuando habló el de Xibalbá, el cual desapareció al instante de su presencia.

Pero no perecieron las tribus cuando llegaron, aunque se morían de frío. Había mucho granizo, lluvia negra y neblina, y hacía un frío indescriptible.

Hallábanse todas las tribus temblando y tiritando de frío cuando llegaron a donde estaban Balam-Quitzé, Balam-Acab, Mahucutah e Iqui-Balam. Grande era la aflicción de sus corazones y tristes estaban sus bocas y sus ojos.

En seguida llegaron los suplicantes a presencia de Balam-Quitzé, Balam-Acab, Mahucutah e Iqui-Balam. —¿No tendréis compasión de nosotros, que solamente os pedimos un poco de vuestro fuego? ¿Acaso no estábamos juntos y reunidos? ¿No fue una misma nuestra morada y una sola nuestra patria cuando fuisteis creados, cuando fuisteis formados? ¡Tened, pues, misericordia de nosotros!, dijeron.

—¿Qué nos daréis para que tengamos misericordia de vosotros?, les preguntaron.

—Pues bien, os daremos dinero, contestaron las tribus.

—No queremos dinero, dijeron Balam-Quitzé y Balam-Acab.

—¿Y qué es lo que queréis?

—Ahora lo preguntaremos.

—Está bien, dijeron las tribus.

—Le preguntaremos a Tohil y luego os diremos, les contestaron.

—¿Qué deben dar las tribus, ¡oh Tohil!, que han

114

venido a pedir tu fuego?, dijeron entonces Balam-Quitzé, Balam-Acab, Mahucutah e Iqui-Balam.

—¡Bueno! ¿Querrán dar su pecho y su sobaco? [12] ¿Quieren sus corazones que yo, Tohil, los estreche entre mis brazos? Pero si así no lo desean, tampoco les daré su fuego, respondió Tohil.

—Decidles que eso será más tarde, que no tendrán que venir ahora a unir su pecho y sus sobacos. Esto os manda decir, les diréis. Ésta fue la respuesta a Balam-Quitzé, Balam-Acab, Mahucutah e Iqui-Balam.

Entonces transmitieron la palabra de Tohil. —Está bien, nos uniremos y lo abrazaremos, dijeron [los pueblos], cuando oyeron y recibieron la palabra de Tohil. Y no obraron con tardanza: —¡Bueno, dijeron, pero que sea pronto! Y en seguida recibieron el fuego. Luego se calentaron.

CAPÍTULO VI

Hubo, sin embargo, una tribu que hurtó el fuego entre el humo, y fueron los de la casa de *Zotzil*. El dios de los cakchiqueles se llamaba *Chamalcán* y tenía la figura de un murciélago.

Cuando pasaron entre el humo, pasaron suavemente, y luego se apoderaron del fuego. No pidieron el fuego los cakchiqueles porque no quisieron entregarse como vencidos, de la manera como fueron vencidas las demás tribus cuando ofrecieron su pecho y su sobaco para que se los abrieran. Y ésta era la abertura que había dicho Tohil: que sacrificaran a todas las tribus ante él, que se les arrancara el corazón del pecho y del sobaco.

Y esto no se había comenzado a hacer cuando fue profetizada por Tohil la toma del poder y el

115

señorío por Balam-Quitzé, Balam-Acab, Mahucutah e Iqui-Balam.

Allá en Tulán-Zuiva, de donde habían venido, acostumbraban no comer, observaban un ayuno perpetuo, mientras aguardaban la llegada de la aurora y atisbaban la salida del sol.

Turnábanse para ver la grande estrella que se llama *Icoquih*,[13] y que sale primero delante del sol, cuando nace el sol, la brillante Icoquih, que siempre estaba allí frente a ellos en el Oriente, cuando estuvieron allá en la llamada Tulán-Zuiva, de donde vino su dios.

No fue aquí, pues, donde recibieron su poder y señorío, sino que allá sometieron y subyugaron a las tribus grandes y pequeñas, cuando las sacrificaron ante Tohil y le ofrendaron la sangre, la sustancia, el pecho y el costado de todos los hombres.

A Tulán les llegó al instante su poder; grande fue su sabiduría en la oscuridad y en la noche.

Luego se vinieron, se arrancaron de allá y abandonaron el Oriente. —Ésta no es nuestra casa, vámonos y veamos dónde nos hemos de establecer, dijo entonces Tohil.

En verdad les hablaba a Balam-Quitzé, Balam-Acab, Mahucutah e Iqui-Balam. —Dejad hecha vuestra acción de gracias, disponed lo necesario para sangraros las orejas, picaos los codos, haced vuestros sacrificios, éste será vuestro agradecimiento ante Dios.

—Está bien, dijeron, y se sacaron sangre de las orejas. Y lloraron en sus cantos por su salida de Tulán; lloraron sus corazones cuando abandonaron a Tulán.

—¡Ay de nosotros! Ya no veremos aquí el amanecer, cuando nazca el sol y alumbre la faz de la tie-

116

rra, dijeron al partir. Pero dejaron algunas gentes en el camino por donde iban para que velaran.

Cada una de las tribus se levantaba continuamente para ver la estrella precursora del sol. Esta señal de la aurora la traían en su corazón cuando vinieron de allá del Oriente, y con la misma esperanza partieron de allá, de aquella gran distancia, según dicen en sus cantos hoy día.

CAPÍTULO VII

LLEGARON por entonces a la cumbre de una montaña y allí se reunieron todo el pueblo quiché y las tribus. Allí celebraron todos consejo para tomar sus disposiciones. Llaman hoy día a esta montaña *Chi-Pixab*, éste es el nombre de la montaña.

Reuniéronse allí y se ensalzaron a sí mismos: —¡Yo soy, yo, el pueblo del Quiché! Y tú, Tamub, éste será tu nombre. Y a los de Ilocab les dijeron: —Tú, Ilocab, éste será tu nombre. Y estos tres [pueblos] quichés no desaparecerán, una misma es nuestra suerte, dijeron cuando designaron sus nombres.

En seguida dieron su nombre a los Cakchiqueles: *Gagchequeleb* fue su nombre. Asimismo a los de *Rabinal*, que éste fue su nombre que hasta ahora no han perdido. Y también a los de *Tziquinahá*,[14] que así se llaman hoy día. Éstos son los nombres que se dieron entre sí.

Allá se reunieron a esperar que amaneciera y a observar la salida de la estrella que llega primero delante del sol, cuando éste está a punto de nacer. —De allá venimos, pero nos hemos separado, decían entre sí.

Y sus corazones estaban afligidos, y estaban pasando grandes sufrimientos: no tenían comida, no tenían sustento; solamente olían la punta de sus bastones y así se imaginaban que comían, pero no se alimentaban cuando venían.

No está bien claro, sin embargo, cómo fue su paso sobre el mar; como si no hubiera mar pasaron hacia este lado; sobre piedras pasaron, sobre piedras en hilera sobre la arena. Por esta razón fueron llamadas *Piedras en hilera, Arenas arrancadas*, nombres que ellos les dieron cuando pasaron entre el mar, habiéndose dividido las aguas cuando pasaron.

Y sus corazones estaban afligidos cuando conferenciaban entre sí, porque no tenían que comer, sólo un trago de agua que bebían y un puñado de maíz.

Allí estaban, pues, congregados en la montaña llamada Chi-Pixab. Y habían llevado también a Tohil, Avilix y Hacavitz. Un ayuno completo observaba Balam-Quitzé con su mujer Cahá-Paluma, que éste era el nombre de su mujer. Así lo hacían también Balam-Acab y su mujer, la llamada Chomihá; y también Mahucutah observaba un ayuno absoluto con su mujer, la llamada Tzununihá, e Iqui-Balam con su mujer, la llamada Caquixahá.

Y ellos eran los que ayunaban en la oscuridad y en la noche. Grande era su tristeza cuando estaban en el monte que ahora se llama Chi-Pixab.

CAPÍTULO VIII

Y NUEVAMENTE les habló su dios. Así les hablaron entonces Tohil, Aviliz y Hacavitz a Balam-Quitzé, Balam-Acab, Mahucutah e Iqui-Balam: —¡Vámonos ya, levantémonos ya, no permanezcamos aquí, llevadnos a un lugar escondido! Ya se acerca el amanecer. ¿No sería una desgracia para vosotros que fuéramos aprisionados por los enemigos en estos muros donde nos tenéis vosotros los sacerdotes y sacrificadores? Ponednos, pues, a cada uno en lugar seguro, dijeron cuando hablaron.

—Muy bien. Nos marcharemos, iremos en busca de los bosques, contestaron todos.

A continuación cada uno tomó y se echó a cuestas a su dios. Así llevaron a Avilix al barranco llamado *Euabal-Ziván*, así nombrado por ellos, al gran barranco del bosque que ahora llamamos *Pavilix*, y allí lo dejaron. En este barranco fue dejado por Balam-Acab.

En orden fueron dejándolos. El primero que dejaron así fue Hacavitz, sobre una gran pirámide colorada, en el monte que se llama ahora *Hacavitz*. Allí fue fundado su pueblo, en el lugar donde estuvo el dios llamado Hacavitz.

Asimismo se quedó Mahucutah con su dios, que fue el segundo dios escondido por ellos. No estuvo Hacavitz en el bosque, sino que en un cerro desmontado fue escondido Hacavitz.

Luego vino Balam-Quitzé, llegó allá al gran bosque; para esconder a Tohil llegó Balam-Quitzé al cerro que hoy se llama *Patohil*. Entonces celebraron la ocultación de Tohil en la barranca, en su refugio. Gran cantidad de culebras, de tigres, víboras y cantiles [15] había en el bosque en donde estuvo escondido por los sacerdotes y sacrificadores.

Juntos estaban Balam-Quitzé, Balam-Acab, Mahucutah e Iqui-Balam; juntos esperaban el amanecer allá sobre el cerro llamado Hacavitz.

Y a poca distancia estaba el dios de los de Tamub y de los de Ilocab. *Amac-Tan* se llamaba el lugar donde estaba el dios de los de Tamub, y allí les amaneció. *Amac-Uquincat* se llamaba el lugar donde les amaneció a los de Ilocab; allí estaba el dios de los de Ilocab, a corta distancia de la montaña.

Allí estaban también todos los de Rabinal, los Cakchiqueles, los de Tziquinahá, todas las tribus pequeñas y las tribus grandes. Juntos se detuvieron aguardando la llegada de la aurora y la salida de la gran estrella llamada Icoquih, que sale primero delante del sol, cuando amanece, según cuentan.

Juntos estaban, pues, Balam-Quitzé, Balam-Acab, Mahucutah e Iqui-Balam. No dormían, permanecían de pie y grande era la ansiedad de sus corazones y su vientre por la aurora y el amanecer. Allí también sintieron vergüenza, les sobrevino una gran aflicción, una gran angustia y estaban abrumados por el dolor.

Hasta allí habían llegado. —¡Ay, que hemos venido sin alegría! ¡Si al menos pudiéramos ver el nacimiento del sol! ¿Qué haremos ahora? Si éramos de un mismo sentir en nuestra patria, ¿cómo nos hemos ausentado?, decían hablando entre ellos, en medio de la tristeza y la aflicción y con lastimera voz.

Hablaban, pero no se calmaba la ansiedad de sus corazones por ver la llegada de la aurora: —Los dioses están sentados en las barrancas, en los bosques, están entre las parásitas, entre el musgo; ni siquiera un asiento de tablas se les dio, decían.

Primeramente estaban Tohil, Avilix y Hacavitz. Grande era su gloria, su fuerza y su poder sobre los dioses de todas las tribus. Muchos eran sus prodigios e innumerables sus viajes y peregrinaciones en medio del frío y el corazón de las tribus estaba lleno de temor.

Tranquilos estaban respecto a ellos los corazones de Balam-Quitzé, Balam-Acab, Mahucutah e Iqui-Balam. No sentían ansiedad en su pecho por los dioses que habían recibido y traído a cuestas cuando vinieron de allá de Tulán-Zuiva, de allá en el Oriente.

Estaban, pues, allí en el bosque que ahora se llama *Zaquiribal Pa-Tohil, P'Avilix, Pa-Hacavitz.*

Y entonces les amaneció y les brilló su aurora a nuestros abuelos y nuestros padres.

Ahora contaremos la llegada de la aurora y la aparición del sol, la luna y las estrellas.

CAPÍTULO IX

HE AQUÍ, pues, la aurora, y la aparición del sol, la luna y las estrellas.

Grandemente se alegraron Balam-Quitzé, Balam-Acab, Mahucutah e Iqui-Balam cuando vieron a la Estrella de la mañana. Salió primero con la faz resplandeciente, cuando salió primero delante del sol.

En seguida desenvolvieron el incienso que habían traído desde el Oriente y que pensaban quemar, y entonces desataron los tres presentes que pensaban ofrecer.

El incienso que traía Balam-Quitzé se llamaba *Mixtán-Pom;* el incienso que traía Balam-Acab se llamaba *Caviztán-Pom;* y el que traía Mahucutah se llamaba *Cabauil-Pom.* Los tres tenían su incienso. Lo quemaron y en seguida se pusieron a bailar en dirección al Oriente.

Lloraban de alegría cuando estaban bailando y quemaban su incienso, su precioso incienso. Luego lloraron porque no veían ni contemplaban todavía el nacimiento del sol.

En seguida, salió el sol. Alegráronse los animales chicos y grandes y se levantaron en las vegas de los ríos, en las barrancas, y en la cima de las montañas; todos dirigieron la vista allá donde sale el sol.

Luego rugieron el león y el tigre. Pero primero cantó el pájaro que se llama *Queletzú*. Verdaderamente se alegraron todos los animales y extendieron sus alas el águila, el rey zope, las aves pequeñas y las aves grandes.

Los sacerdotes y sacrificadores estaban arrodillados; grande era la alegría de los sacerdotes y sacrificadores y de los de Tamub e Ilocab y de los rabinaleros, los cakchiqueles, los de Tziquinahá y los de Tuhalhá, Uchabahá, Quibahá, los de Batená y los Yaqui Tepeu, tribus todas que existen hoy día. Y no era posible contar la gente. A un mismo tiempo alumbró la aurora a todas las tribus.

En seguida se secó la superficie de la tierra a causa del sol. Semejante a un hombre era el sol cuando se manifestó, y su faz ardía cuando secó la superficie de la tierra.

Antes que saliera el sol estaba húmeda y fangosa la superficie de la tierra, antes que saliera el sol; pero el sol se levantó y subió como un hombre. Pero no se soportaba su calor. Sólo se manifestó cuando nació y se quedó fijo como un espejo. No era ciertamente el mismo sol que nosotros vemos, se dice en sus historias.

Inmediatamente después se convirtieron en piedra Tohil, Avilix y Hacavitz, junto con los seres deificados, el león, el tigre, la culebra, el cantil y el duende. Sus brazos se prendieron de los árboles cuando aparecieron el sol, la luna y las estrellas. Todos se convirtieron igualmente en piedras. Tal vez no estaríamos vivos nosotros hoy día a causa de los animales voraces, el león, el tigre, la culebra, el cantil y el duende; quizás no existiría ahora nuestra gloria si los primeros animales no se hubieran vuelto piedra por obra del sol.

Cuando éste salió se llenaron de alegría los corazones de Balam-Quitzé, Balam-Acab, Mahucutah e Iqui-Balam. Grandemente se alegraron cuando amaneció. Y no eran muchos los hombres que allí estaban; sólo eran unos pocos los que estaban sobre el monte Hacavitz. Allí les amaneció, allí quemaron el incienso y bailaron, dirigiendo la mirada hacia el Oriente, de donde habían venido. Allá estaban sus montañas y sus valles, allá de donde vinieron Balam-Quitzé, Balam-Acab, Mahucutah e Iqui-Balam, así llamados.

Pero fue aquí donde se multiplicaron, en la montaña, y ésta fue su ciudad; aquí estaban, además cuando aparecieron el sol, la luna y las estrellas, cuando amaneció y se alumbró la faz de la tierra y el mundo entero. Aquí también comenzaron su canto, que se llama *Camucú;* lo cantaron, pero sólo el dolor de sus corazones y sus entrañas expresaron en su canto. —¡Ay de nosotros! En Tulán nos perdimos, nos separamos, y allá quedaron nuestros hermanos mayores y menores. ¡Ay, nosotros hemos visto el sol!, pero ¿dónde están ellos ahora que ya ha amanecido?, les decían a los sacerdotes y sacrificadores de los yaquis.

Porque en verdad, el llamado Tohil es el mismo dios de los yaquis, cuyo nombre es *Yolcuat-Quitzalcuat.*[16]

Nos separamos allá en Tulán, en Zuiva, de allá salimos juntos y allí fue creada nuestra raza cuando vinimos, decían entre sí.

Entonces se acordaron de sus hermanos mayores

y de sus hermanos menores, los yaquis, a quienes les amaneció allá en el país que hoy se llama México. Había también una parte de la gente que se quedó allá en el Oriente, los llamados *Tepeu Olimán*, que se quedaron allí, dijeron.

Gran aflicción sentían en sus corazones allá en el Hacavitz; lo mismo sentían los de Tamub y de Ilocab, que estaban igualmente allí en el bosque llamado *Amac-Tan*, donde les amaneció a los sacerdotes y sacrificadores de Tamub y a su dios, que era también Tohil, pues era uno mismo el nombre del dios de las tres ramas del pueblo quiché. Y también es el nombre del dios de los rabinaleros, pues hay poca diferencia con el nombre de *Huntoh*, que así se llama el dios de los rabinaleros; por eso dicen que quisieron igualar su lengua a la del Quiché.

Ahora bien, la lengua de los cakchiqueles es diferente, porque era diferente el nombre de su dios cuando vinieron de allá de Tulán-Zuiva. *Tzotzihá Chimalcán* era el nombre de su dios, y hablan hoy una lengua diferente; y también de su dios tomaron su nombre las familias *Ahpozotzil* y *Ahpoxá*, así llamadas.

También se cambió la lengua del dios, cuando les dieron su dios allá en Tulán, junto a la piedra; su lengua fue cambiada cuando vinieron de Tulán en la oscuridad. Y estando juntas les amaneció y les brilló su aurora a todas las tribus, estando reunidos los nombres de los dioses de cada una de las tribus.

CAPÍTULO X

Y AHORA referiremos su estancia y su permanencia allá en la montaña, donde se hallaban juntos los cuatro llamados Balam-Quitzé, Balam-Acab, Mahucutah e Iqui-Balam. Lloraban sus corazones por Tohil, Avilix y Hacavitz a quienes habían dejado entre las parásitas y el musgo.

He aquí cómo hicieron los sacrificios al pie del sitio donde pusieron a Tohil cuando llegaron a presencia de Tohil y de Aviliz. Iban a verlos y a saludarlos y darles gracias también por la llegada de la aurora. Ellos estaban en la espesura, entre las piedras, allá en el bosque. Y sólo por arte de magia hablaron cuando llegaron los sacerdotes y sacrificadores ante Tohil. No traían grandes presentes, sólo resina, restos de goma *noh* y *pericón* [17] quemaron ante su dios.

Y entonces habló Tohil; sólo por un prodigio les dio sus consejos a los sacerdotes y sacrificadores. Y ellos [los dioses] hablaron entonces y dijeron:

"Verdaderamente aquí serán nuestras montañas y nuestros valles. Nosotros somos vuestros; grandes serán nuestra gloria y nuestra descendencia por obra de todos los hombres. Vuestras son todas las tribus y nosotros, vuestros compañeros. Cuidad de vuestra ciudad y nosotros os daremos vuestra instrucción.

"No nos mostréis ante las tribus cuando estemos enojados por las palabras de sus bocas y por su comportamiento. Tampoco dejéis que caigamos en el lazo. Dadnos a nosotros en cambio los hijos de la hierba y los hijos del campo y también las hembras de los venados y las hembras de las aves.[18] Venid a darnos un poco de vuestra sangre, tened compasión de nosotros. Quedaos con el pelo de los venados [19] y guardaos de aquellos cuyas miradas nos han engañado.

"Así, pues, el venado [la piel] será nuestro símbolo que manifestaréis ante las tribus. Cuando se

125

os pregunte ¿dónde está Tohil?, presentaréis el venado ante sus ojos. Tampoco os presentéis vosotros mismos, pues tendréis otras cosas que hacer. Grande será vuestra condición; dominaréis a todas las tribus; traeréis su sangre y su sustancia ante nosotros, y los que vengan a abrazarnos, nuestros serán también", dijeron entonces Tohil, Avilix y Hacavitz.[20]

Apariencia de muchachos tenían, cuando los vieron al llegar a ofrendarles los presentes. Entonces comenzó la persecución de los hijos de las aves y los hijos de los venados, y el producto de la caza era recibido por los sacerdotes y sacrificadores. Y en cuanto encontraban a las aves y a los hijos de los venados, al punto iban a depositar la sangre de los venados y las aves en la boca de las piedras de Tohil y de Avilix.

Y cuando la sangre había sido bebida por los dioses, al punto hablaba la piedra, cuando llegaban los sacerdotes y sacrificadores, cuando iban a llevarles sus ofrendas. Y de igual manera lo hacían delante de sus símbolos, quemando pericón y *holom-ocox*.

Los símbolos de cada uno estaban allá donde habían sido colocados por ellos, en la cumbre de la montaña. Pero ellos [los sacerdotes] no vivían en sus casas durante el día, sino que andaban por los montes, y sólo se alimentaban de los hijos de los tábanos y de las avispas y de las abejas que buscaban; no tenían buena comida ni buena bebida. Y tampoco eran conocidos los caminos de sus casas, ni se sabía dónde habían quedado sus mujeres.

CUARTA PARTE

CAPÍTULO PRIMERO

AHORA bien, muchos pueblos fueron fundándose uno por uno, y las diferentes ramas de las tribus se iban reuniendo y agrupando junto a los caminos, sus caminos que habían abierto.

En cuanto a Balam-Quitzé, Balam-Acab, Mahucutah e Iqui-Balam, no se sabía dónde estaban. Pero cuando veían a las tribus que pasaban por los caminos, al instante se ponían a gritar en la cumbre de los montes, lanzando el aullido del coyote y el grito del gato de monte, e imitando el rugido del león y del tigre.

Y viendo las tribus estas cosas cuando caminaban: —Sus gritos son de coyote, de gato de monte, de león y de tigre, decían. Quieren aparentar que no son hombres ante todas las tribus, y sólo hacen esto para engañarnos a nosotros los pueblos. Algo desean sus corazones. Ciertamente no se espantan de lo que hacen. Algo se proponen con el rugido del león, con el rugido del tigre que lanzan cuando ven a uno o dos hombres caminando; lo que quieren es acabar con nosotros.

Cada día llegaban [los sacerdotes] a sus casas y al lado de sus mujeres, llevando solamente las crías de los abejorros y de las avispas y las crías de las abejas para darles a sus mujeres.

Cada día también llegaban ante Tohil, Avilix y Hacavitz y decían en sus corazones: —He aquí a Tohil, Avilix y Hacavitz. Sólo la sangre de los venados y de las aves podemos ofrecerles; solamente nos sacaremos sangre de las orejas y de los brazos. Pidámosles fuerzas y vigor a Tohil, Avilix y Hacavitz. ¿Qué dirán de las muertes del pueblo, que uno por uno los vamos matando?, decían entre sí cuando se dirigían a la presencia de Tohil, Avilix y Hacavitz.

Luego se punzaban las orejas y los brazos ante la divinidad, recogían su sangre y la ponían en el vaso, junto a la piedra. Pero en realidad, no eran de piedra, sino que se presentaba cada uno bajo la figura de un muchacho.

Alegrábanse con la sangre de los sacerdotes y sacrificadores cuando llegaban con esta muestra de su trabajo:

—¡Seguid sus huellas [las de los animales que sacrificaban], allá está vuestra salvación!

—De allá vino, de Tulán, cuando nos trajisteis, les dijeron, cuando os dieron la piel llamada *Pazilizib,* untada de sangre: que se derrame su sangre y que ésta sea la ofrenda de Tohil, Avilix y Hacavitz.[1]

CAPÍTULO II

HE AQUÍ cómo comenzó el robo de los hombres de las tribus [de Vuc Amag] por Balam-Quitzé, Balam-Acab, Mahucutah e Iqui-Balam.

Luego vino la matanza de las tribus. Cogían a uno solo cuando iba caminando, o a dos cuando iban caminando, y no se sabía cuándo los cogían, y en seguida los iban a sacrificar ante Tohil y Avilix. Después regaban la sangre en el camino y ponían la cabeza por separado en el camino. Y decían las tribus: "El tigre se los comió." Y lo decían así porque eran como pisadas de tigre las huellas que dejaban, aunque ellos no se mostraban.

Ya eran muchos los hombres que habían robado, pero no se dieron cuenta las tribus hasta más tarde. —¿Si serán Tohil y Avilix los que se introducen entre nosotros? Ellos deben ser aquéllos a quienes alimentan los sacerdotes y sacrificadores. ¿En dónde estarán sus casas? ¡Sigamos sus pisadas!, dijeron todos los pueblos.

Entonces celebraron consejo entre ellos. A continuación comenzaron a seguir las huellas de los sacerdotes y sacrificadores, pero éstas no eran claras. Sólo eran pisadas de fieras, pisadas de tigre lo que veían, pero las huellas no eran claras. No estaban claras las primeras huellas, pues estaban invertidas, como hechas para que se perdieran, y no estaba claro su camino. Se formó una neblina, se formó una lluvia negra y se hizo mucho lodo; y empezó a caer una llovizna. Esto era lo que los pueblos veían ante ellos. Y sus corazones se cansaban de buscar y perseguirlos por los caminos, porque como era tan grande el ser de Tohil, Avilix y Hacavitz, se alejaban hasta allá en la cima de las montañas, en la vecindad de los pueblos que mataban.

Así comenzó el rapto de la gente cuando los brujos cogían a las tribus en los caminos y las sacrificaban ante Tohil, Avilix y Hacavitz; pero a sus [propios] hijos los salvaron allá en la montaña.

Tohil, Avilix y Hacavitz tenían la apariencia de tres muchachos y caminaban por virtud mágica de la piedra. Había un río donde se bañaban a la orilla del agua y allí únicamente se aparecían. Se llamaba por esto *En el Baño de Tohil*, y éste era el nombre del río.[2] Muchas veces los veían las tribus, pero desaparecían inmediatamente cuando eran vistos por los pueblos.

Se tuvo entonces noticia de donde estaban Balam-

Quitzé, Balam-Acab, Mahucutah e Iqui-Balam, y al instante celebraron consejo las tribus sobre la manera de darles muerte.

En primer lugar quisieron tratar las tribus sobre la manera de vencer a Tohil, Avilix y Hacavitz. Y todos los sacerdotes y sacrificadores [de las tribus] dijeron ante las tribus: —Que todos se levanten, que se llame a todos, que no haya un grupo, ni dos grupos de entre nosotros que se quede atrás de los demás.

Reuniéronse todos, se reunieron en gran número y deliberaron entre sí. Y dijeron, preguntándose los unos a los otros: —¿Cómo haremos para vencer a los quichés de *Cavec* [3] por cuya culpa se están acabando nuestros hijos y vasallos? No se sabe cómo es la destrucción de la gente. Si debemos perecer por medio de estos raptos, que así sea; y si es tan grande el poder de Tohil, Avilix y Hacavitz, entonces que sea nuestro dios este Tohil, ¡y ojalá que lo hagáis vuestro cautivo! No es posible que ellos nos venzan. ¿No hay acaso bastantes hombres entre nosotros? Y los Cavec no son muchos, dijeron, cuando estuvieron todos reunidos.

Y algunos dijeron, dirigiéndose a las tribus cuando hablaron: —¿Quién ha visto a esos que se bañan en el río todos los días? Si ellos son Tohil, Avilix y Hacavitz, los venceremos primero a ellos y después comenzaremos la derrota de los sacerdotes y sacrificadores. Esto dijeron varios de ellos cuando hablaron.

—¿Pero cómo los venceremos?, preguntaron de nuevo.

—Ésta será nuestra manera de vencerlos. Como ellos tienen aspecto de muchachos cuando se dejan ver entre el agua, que vayan dos doncellas que sean verdaderamente hermosas y amabilísimas doncellas, y que les entren deseos de poseerlas, replicaron.

—Muy bien. Vamos, pues; busquemos dos preciosas doncellas, exclamaron, y en seguida fueron a buscar a sus hijas. Y verdaderamente eran bellísimas doncellas.

Luego les dieron instrucciones a las doncellas: —Id, hijas nuestras, id a lavar la ropa al río, y si viereis a los tres muchachos, desnudaos ante ellos, y si sus corazones os desean, ¡llamadlos! Si os dijeren: "¿Podemos llegar a vuestro lado?", "Sí", les responderéis. Y cuando os pregunten: "¿De dónde venís, hijas de quién sois?", contestaréis: "Somos hijas de los Señores.

Luego les diréis: —Venga una prenda de vosotros. Y si después que os hayan dado alguna cosa os quieren besar la cara, entregaos de veras a ellos. Y si no os entregáis, os mataremos. Después nuestro corazón estará satisfecho. Cuando tengáis la prenda, traedla para acá y ésta será la prueba, a nuestro juicio, de que ellos se allegaron a vosotras.

Así dijeron los Señores cuando aconsejaron a las dos doncellas. He aquí los nombres de éstas: *Ixtah* se llamaba una de las doncellas y la otra *Ixpuch*.[4] Y a las dos llamadas Ixtah e Ixpuch las mandaron al río, al baño de Tohil, Avilix y Hacavitz. Esto fue lo que dispusieron todas las tribus.

Marcháronse en seguida, bien adornadas, y verdaderamente estaban muy hermosas cuando se fueron allá donde se bañaba Tohil,[5] a que las vieran y a lavar. Cuando ellas se fueron, se alegraron los Señores porque habían enviado a sus dos hijas.

Luego que éstas llegaron al río comenzaron a lavar. Ya se habían desnudado las dos y estaban arrimadas a las piedras cuando llegaron Tohil, Avilix y Hacavitz.

131

Llegaron allá a la orilla del río y quedaron un poco sorprendidos al ver a las dos jóvenes que estaban lavando, y las muchachas se avergonzaron al punto cuando llegó Tohil. Pero a Tohil no se le antojaron las dos doncellas. Y entonces les preguntó: —¿De dónde venís? Así les dijo a las dos doncellas y agregó: —¿Qué cosa queréis que venís aquí hasta la orilla de nuestra agua?

Y ellas contestaron: —Se nos ha mandado por los Señores que vengamos acá. "Id a verles las caras a los Tohil y hablad con ellos", nos dijeron los Señores; y "traed luego la prueba de que les habéis visto la cara", se nos ha dicho. Así hablaron las dos muchachas, dando a conocer el objeto de su llegada.

Ahora bien, lo que querían las tribus era que las doncellas fueran violadas por los naguales de Tohil.[6] Pero Tohil, Avilix y Hacavitz les dijeron, hablando de nuevo a Ixtah e Ixpuch, que así se llamaban las dos doncellas: —Está bien, con vosotras irá la prueba de nuestra plática. Esperad un poco y luego se la daréis a los Señores, les dijeron.

Luego entraron en consulta los sacerdotes y sacrificadores y les dijeron a Balam-Quitzé, Balam-Acab, Mahucutah e Iqui-Balam: —Pintad tres capas, pintad en ellas la señal de vuestro ser para que les llegue a las tribus y se vayan con las dos muchachas que están lavando. Dádselas a ellas, les dijeron a Balam-Quitzé, Balam-Acab y Mahucutah.

En seguida se pusieron los tres a pintar. Primero pintó un tigre Balam-Quitzé; la figura fue hecha y pintada en la superficie de la manta. Luego Balam-Acab pintó la figura de un águila sobre la superficie de la manta; y luego Mahucutah pintó por todas partes abejorros y avispas, cuya figura y dibujos

132

pintó sobre la tela. Y acabaron sus pinturas los tres, tres piezas pintaron.

A continuación fueron a entregar las mantas a Ixtah e Ixpuch, así llamadas, y les dijeron Balam-Quitzé, Balam-Acab y Mahucutah: —Aquí está la prueba de vuestra conversación; llevadla ante los Señores: "En verdad nos ha hablado Tohil, diréis, he aquí la prueba que traemos", les diréis, y que se vistan con las ropas que les daréis. Esto les dijeron a las doncellas cuando las despidieron. Ellas se fueron en seguida, llevando las llamadas mantas pintadas.

Cuando llegaron, se llenaron de alegría los Señores al ver sus rostros y sus manos, de las cuales colgaba lo que habían ido a pedir las doncellas.

—¿Le visteis la cara a Tohil?, les preguntaron.

—Sí se la vimos, respondieron Ixtah e Ixpuch.

—Muy bien. ¿Y traéis la prenda, no es verdad?, preguntaron los Señores, pensando que ésta era la señal de su pecado.

Extendieron entonces las jóvenes las mantas pintadas, todas llenas de tigres y de águilas y llenas de abejorros y de avispas, pintados en la superficie de la tela y que brillaban ante la vista. En seguida les entraron deseos de ponérselas.

Nada le hizo el tigre cuando el Señor se echó a las espaldas la primera pintura. Luego se puso el Señor la segunda pintura con el dibujo del águila. El Señor se sentía muy bien, metido dentro de ella. Y así, daba vueltas delante de todos. Luego se quitó las faldas ante todos y se puso el Señor la tercera manta pintada. Y he aquí que se echó encima los abejorros y las avispas que contenía. Al instante le picaron las carnes los zánganos y las avispas. Y no pudiendo sufrir ni tolerar las picaduras de los

133

animales, el Señor empezó a dar de gritos a causa de los animales cuyas figuras estaban pintadas en la tela, la pintura de Mahucutah, que fue la tercera que pintaron.

Así fueron vencidos. En seguida los Señores reprendieron a las doncellas llamadas Ixtah e Ixpuch: —¿Qué clase de ropas son las que habéis traído? ¿Dónde fuisteis a traerlas, demonios?, les dijeron a las doncellas cuando las reprendieron. Todos los pueblos fueron vencidos por Tohil.

Ahora bien, lo que querían era que Tohil se hubiera ido a divertir con Ixtah e Ixpuch y que éstas se hubieran vuelto rameras, pues creían las tribus que les servirían de tentación. Pero no fue posible que lo vencieran, gracias a aquellos hombres prodigiosos, Balam-Quitzé, Balam-Acab, Mahucutah e Iqui-Balam.

CAPÍTULO III

ENTONCES celebraron consejo nuevamente todas las tribus. —¿Qué haremos con ellos? En verdad grande es su condición, dijeron cuando se reunieron de nuevo en consejo. —Pues bien, los acecharemos, los mataremos, nos armaremos de arcos y de escudos. ¿No somos acaso numerosos? Que no haya uno, ni dos de entre nosotros que se quede atrás. Así hablaron cuando celebraron consejo. Y armáronse todos los pueblos. Muchos eran los guerreros cuando se reunieron todos los pueblos para darles muerte.

Mientras tanto estaban Balam-Quitzé, Balam-Acab, Mahucutah e Iqui-Balam, estaban en el monte Hacavitz, en el cerro de este nombre. Estaban allí para salvar a sus hijos en la montaña.

Y no era mucha su gente, no tenían una muche-

dumbre como la muchedumbre de los pueblos. Era
pequeña la cumbre del monte donde tenían asiento
y por eso las tribus dispusieron matarlos cuando
se reunieron todos, se congregaron y levantaron
todos.

Así fue, pues, la reunión de todos los pueblos,
todos armados de sus arcos y sus escudos. No era
posible contar la riqueza de sus armas; era muy hermoso el aspecto de todos los jefes y varones y ciertamente todos cumplían sus órdenes.

—Positivamente serán destruidos, y en cuanto a
Tohil, será nuestro dios, lo adoraremos, si lo hacemos prisionero, dijeron entre ellos. Pero Tohil lo
sabía todo y lo sabían también Balam-Quitzé, Balam-
Acab y Mahucutah. Ellos oían todo lo que proyec-
taban, porque no dormían, ni descansaban desde
que se armaron de sus armas todos sus guerreros.

En seguida se levantaron todos los guerreros y se
pusieron en camino con la intención de introducirse
por la noche. Pero no llegaron, sino que estuvieron
en vela en el camino todos los guerreros y luego
fueron derrotados por Balam-Quitzé, Balam-Acab y
Mahucutah.

Quedáronse todos en vela en el camino y nada
sintieron hasta que acabaron por dormirse. En seguida comenzaron a arrancarles las cejas y las barbas; luego les quitaron los adornos de metal del
cuello, sus coronas y collares. Y les quitaron el metal
del puño de sus picas. Hiciéronlo así para castigarlos y para humillarlos y para darles una muestra
del poderío de la gente quiché.

En cuanto despertaron quisieron tomar sus coronas y sus varas, pero ya no tenían el metal en el
puño ni sus coronas. —¿Quién nos ha despojado?
¿Quién nos ha arrancado las barbas? ¿De dónde

han venido a robarnos nuestros metales preciosos?, decían todos los guerreros. ¿Serán esos demonios que se roban a los hombres? Pero no conseguirán infundirnos miedo. Entremos por la fuerza a su ciudad y así volveremos a verle la cara a nuestra plata; esto les haremos, dijeron todas las tribus, y todos ciertamente cumplirían su palabra.

Entre tanto estaban tranquilos los corazones de los sacerdotes y sacrificadores en la cumbre de la montaña. Y habiendo consultado Balam-Quitzé, Balam-Acab, Mahucutah e Iqui-Balam, construyeron una muralla en las orillas de su ciudad y la cercaron de tablas y aguijones. Luego hicieron unos muñecos que tomaron forma de hombres, y los pusieron en fila sobre la muralla, los armaron de escudos y de flechas y los adornaron poniéndoles las coronas de metal en la cabeza. Esto les pusieron a aquellos simples muñecos y maniquíes, los adornaron con la plata de las tribus que les habían ido a quitar en el camino y con esto adornaron a los muñecos.

Hicieron unos fosos alrededor de la ciudad y en seguida le pidieron consejo a Tohil: —¿Nos matarán? ¿Nos vencerán?, dijeron sus corazones a Tohil.

—¡No os aflijáis! Yo estoy aquí. Y esto les pondréis. No tengáis miedo, les dijo a Balam-Quitzé, Balam-Acab, Mahucutah e Iqui-Balam, luego les dieron los zánganos y las avispas. Esto fue lo que les fueron a traer. Y cuando vinieron los pusieron entre cuatro grandes calabazas que colocaron alrededor de la ciudad. Encerraron los zánganos y las avispas dentro de las calabazas, para combatir con ellos a los pueblos.

La ciudad estaba vigilada desde lejos, espiada y observada por los agentes de las tribus. —No son numerosos, decían. Pero sólo vieron a los muñecos y los maniquíes que meneaban suavemente sus arcos y sus escudos. Verdaderamente tenían la apariencia de hombres, tenían en verdad aspecto de combatientes cuando los vieron las tribus, y todas las tribus se alegraron porque vieron que no eran muchos.

Las tribus eran muy numerosas; no era posible contar la gente, los guerreros y soldados que iban a matar a Balam-Quitzé, Balam-Acab y Mahucutah, quienes estaban en el monte Hacavitz, nombre del lugar donde se hallaban.

Ahora contaremos cómo fue su llegada.

CAPÍTULO IV

ESTABAN, pues, Balam-Quitzé, Balam-Acab, Mahucutah e Iqui-Balam, estaban todos juntos en la montaña con sus mujeres y sus hijos cuando llegaron todos los guerreros y soldados. Las tribus no se componían de dieciséis mil, ni de veinticuatro mil hombres.[7]

Rodearon toda la ciudad, lanzando grandes gritos, armados de flechas y de escudos, tañendo tambores, dando el grito de guerra, silbando, vociferando, incitando a la pelea, cuando llegaron al pie de la ciudad.

Pero no se amedrentaban los sacerdotes y sacrificadores, solamente los veían desde la orilla de la muralla, donde estaban en buen orden con sus mujeres y sus hijos. Sólo pensaban en los esfuerzos y vociferaciones de las tribus cuando subían éstas por las faldas del monte.

Poco faltaba ya para que se arrojaran sobre la

137

entrada de la ciudad, cuando abrieron las cuatro calabazas que estaban a las orillas de la ciudad, cuando salieron los zánganos y las avispas, como una humareda salieron de las calabazas. Y así perecieron los guerreros a causa de los insectos que les mordían las niñas de los ojos, y se les prendían de las narices, la boca, las piernas y los brazos. —¿En dónde están, decían, los que fueron a coger, los que fueron a sacar todos los zánganos y avispas que aquí están?

Directamente iban a picarles las niñas de los ojos, zumbaban en bandadas los animalejos sobre cada uno de los hombres; y aturdidos por los zánganos y las avispas, ya no pudieron empuñar sus arcos ni sus escudos, que estaban doblados en el suelo.

Cuando caían quedaban tendidos en las faldas de la montaña y ya no sentían cuando les disparaban las flechas y los herían las hachas. Solamente palos sin punta usaron Balam-Quitzé y Balam-Acab. Sus mujeres también entraron a matar. Sólo una parte regresó y todas las tribus echaron a correr. Pero los primeros que cogieron los acabaron, los mataron; no fueron pocos los hombres que murieron, y no murieron los que ellos pensaban perseguir, sino los que los insectos atacaban. Tampoco fue obra de valentía, porque no murieron por las flechas ni por los escudos.

Entonces se rindieron todas las tribus. Humilláronse los pueblos ante Balam-Quitzé, Balam-Acab y Mahucutah. —Tened piedad de nosotros, no nos matéis, exclamaron.

—Muy bien. Aunque sois dignos de morir, os volveréis [nuestros] vasallos por toda la vida, les dijeron.

De esta manera fue la derrota de todas las tribus

138

por nuestras primeras madres y padres; y esto pasó allá sobre el monte Hacavitz, como ahora se le llama. En éste fue donde primero estuvieron fundados, donde se multiplicaron y aumentaron, engendraron sus hijas, dieron el ser a sus hijos, sobre el monte Hacavitz.

Estaban, pues, muy contentos cuando vencieron a todas las tribus, a las que derrotaron allá en la cumbre del monte. Así fue como llevaron a cabo la derrota de las tribus, de todas las tribus. Después de esto descansaron sus corazones. Y les dijeron a sus hijos que cuando los quisieron matar, ya se acercaba la hora de su muerte.

Y ahora contaremos la muerte de Balam-Quitzé, Balam Acab, Mahucutah e Iqui-Balam, así llamados.

CAPÍTULO V

Y como ya presentían su muerte y su fin, les dieron sus consejos a sus hijos. No estaban enfermos, no sentían dolor ni agonía cuando dejaron sus recomendaciones a sus hijos.

Éstos son los nombres de sus hijos: Balam-Quitzé tuvo dos hijos, *Qocaib* se llamaba el primero y *Qocavib* era el nombre del segundo hijo de Balam-Quitzé, el abuelo y padre de los de *Cavec*.

Y éstos son los dos hijos que engendró Balam-Acab, he aquí sus nombres: *Qoacul* se llamaba el primero de sus hijos y *Qoacutec* fue llamado el segundo hijo de Balam-Acab, de los de *Nihaib*.

Mahucutah tuvo solamente un hijo, que se llamaba *Qoahau*.

Aquéllos tres tuvieron hijos, pero Iqui-Balam no tuvo hijos. Ellos eran verdaderamente los sacrificadores, y éstos son los nombres de sus hijos.

139

Así, pues, se despidieron de ellos. Estaban juntos los cuatro y se pusieron a cantar, sintiendo tristeza en sus corazones; y sus corazones lloraban cuando cantaron el *Camucú*, que así se llamaba la canción que cantaron cuando se despidieron de sus hijos.

—¡Oh hijos nuestros! Nosotros nos vamos, nosotros regresamos; sanas recomendaciones y sabios consejos os dejamos. Y vosotras, también, que vinisteis de nuestra lejana Patria, ¡oh esposas nuestras!, les dijeron a sus mujeres, y de cada una de ellas se despidieron. Nosotros nos volvemos a nuestro pueblo, ya está en su sitio Nuestro Señor de los Venados,[8] manifiesto está en el cielo. Vamos a emprender el regreso, hemos cumplido nuestra misión, nuestros días están terminados. Pensad, pues, en nosotros, no nos borréis [de la memoria], ni nos olvidéis. Volveréis a ver vuestros hogares y vuestras montañas, estableceos allí, y que ¡así sea! Continuad vuestro camino y veréis de nuevo el lugar de donde vinimos.

Estas palabras pronunciaron cuando se despidieron. Luego dejó Balam-Quitzé la señal de su existencia: —Éste es un recuerdo que dejo para vosotros. Éste será vuestro poder. Yo me despido lleno de tristeza, agregó. Entonces dejó la señal de su ser, el *Pizom-Gagal*, así llamado, cuyo contenido era invisible, porque estaba envuelto y no podía desenvolverse; no se veía la costura porque no se vio cuando lo envolvieron.

De esta manera se despidieron y en seguida desaparecieron allá en la cima del monte Hacavitz.

No fueron enterrados por sus mujeres, ni por sus hijos, porque no se vio qué se hicieron cuando desaparecieron. Sólo se vio claramente su despedida, y así el Envoltorio fue muy querido para ellos. Era el recuerdo de sus padres e inmediatamente quemaron copal ante este recuerdo de sus padres.

Y entonces fueron creados los hombres por los Señores que sucedieron a Balam-Quitzé, cuando dieron principio los abuelos y padres de los de Cavec; pero no desaparecieron sus hijos, los llamados Qocaib y Qocavib.

Así murieron los cuatro, nuestros primeros abuelos y padres; así desaparecieron, dejando a sus hijos sobre el monte Hacavitz, allá donde permanecieron sus hijos.

Y estando ya los pueblos sometidos y terminada su grandeza, las tribus ya no tenían ningún poder y vivían todas dedicadas a servir diariamente.

Se acordaban de sus padres; grande era para ellos la gloria del Envoltorio. Jamás lo desataban, sino que estaba siempre enrollado y con ellos. Envoltorio de Grandeza le llamaron cuando ensalzaron y pusieron nombre a la custodia que les dejaron sus padres como señal de su existencia.

Así fue, pues, la desaparición y fin de Balam-Quitzé, Balam-Acab, Mahucutah e Iqui-Balam, los primeros varones que vinieron de allá del otro lado del mar, de donde nace el sol. Hacía mucho tiempo que habían venido aquí cuando murieron, siendo muy viejos, los jefes y sacrificadores así llamados.

CAPÍTULO VI

Luego dispusieron irse al Oriente, pensando cumplir así la recomendación de sus padres que no habían olvidado. Hacía mucho tiempo que sus padres habían muerto cuando las tribus les dieron sus mujeres, y se emparentaron cuando los tres tomaron mujer.

Y al marcharse dijeron: —Vamos al Oriente, allá de donde vinieron nuestros padres. Así dijeron cuando se pusieron en camino los tres hijos. *Qocaib* llamábase el uno y era hijo de Balam-Quitzé, de los de Cavec. El llamado *Qoacutec* era hijo de Balam-Acab, de los de Nihaib; y el otro que se llamaba *Qoahau* era hijo de Mahucutah, de los Ahau-Quiché.

Éstos son, pues, los nombres de los que fueron allá al otro lado del mar; los tres se fueron entonces, y estaban dotados de inteligencia y de experiencia, su condición no era de hombres vanos. Despidiéronse de todos sus hermanos y parientes y se marcharon alegremente. "No moriremos, volveremos", dijeron cuando se fueron los tres.

Seguramente pasaron sobre el mar cuando llegaron allá al Oriente, cuando fueron a recibir la investidura del reino. Y éste era el nombre del Señor, Rey del Oriente a donde llegaron. Cuando llegaron ante el Señor *Nacxit*,[9] que éste era el nombre del gran Señor, el único juez supremo de todos los reinos, aquél les dio las insignias del reino y todos sus distintivos. Entonces vinieron las insignias de los Ahpop y los Ahpop-Camhá, y entonces vino la insignia de la grandeza y del señorío del Ahpop y el Ahpop-Camhá, y Nacxit acabó de darles las insignias de la realeza, cuyos nombres son: el dosel, el trono, las flautas de hueso, el *cham-cham*, cuentas amarillas, garras de león, garras de tigre, cabezas y patas de venado, palios, conchas de caracol, tabaco, calabacillas, plumas de papagayo, estandartes de pluma de garza real, *tatam* y *caxcón*. Todo esto trajeron los que vinieron, cuando fueron a recibir al otro lado del mar las pinturas de Tulán, las pinturas, como le llamaban a aquello en que ponían sus historias.

Luego, habiendo llegado a su pueblo llamado Hacavitz, se juntaron allí todos los de Tamub y de Ilocab; todas las tribus se juntaron y se llenaron de alegría cuando llegaron Qocaib, Qoacutec y Qoahau, quienes tomaron nuevamente allí el gobierno de las tribus.

Alegráronse los de Rabinal, los cakchiqueles y los de Tziquinahá. Ante ellos se manifestaron las insignias de la grandeza del reino. Grande era también la existencia de las tribus, aunque no se había acabado de manifestar su poderío. Y estaban allí en Hacavitz, estaban todos con los que vinieron del Oriente. Allí pasaron mucho tiempo, allí en la cima de la montaña estaban en gran número.

Allí también murieron las mujeres de Balam-Quitzé, Balam-Acab y Mahucutah.

Viniéronse despues, abandonando su patria y buscaron otros lugares donde establecerse. Incontables son los sitios donde se establecieron, donde estuvieron, y a los cuales les dieron nombre. Allí se reunieron y aumentaron nuestras primeras madres y nuestros primeros padres. Así decían los antiguos cuando contaban cómo despoblaron su primera ciudad llamada Hacavitz y vinieron a fundar otra ciudad que llamaron *Chi-Quix*.

Mucho tiempo estuvieron en esta otra ciudad, donde tuvieron hijas y tuvieron hijos. Allí estuvieron en gran número, y eran cuatro los montes a cada uno de los cuales le dieron el nombre de su ciudad. Casaron a sus hijas y a sus hijos; solamente las regalaban y los regalos y mercedes que les hacían los recibían como precio de sus hijas y así llevaban una existencia feliz.

Pasaron después por cada uno de los barrios de la ciudad, cuyos diversos nombres son: *Chi-Quix*,

Chichac, Humetahá, Culbá y *Cavinal.* Éstos eran los nombres de los lugares donde se detuvieron. Y examinaban los cerros y sus ciudades y buscaban los lugares deshabitados porque todos juntos eran ya muy numerosos.

Ya eran muertos los que habían ido al Oriente a recibir el señorío. Ya eran viejos cuando llegaron a cada una de las ciudades. No se acostumbraron a los diferentes lugares que atravesaron; muchos trabajos y penas sufrieron y hasta después de mucho tiempo no llegaron a su pueblo los abuelos y padres. He aquí el nombre de la ciudad a donde llegaron.

CAPÍTULO VII

Chi-Izmachí es el nombre del asiento de su ciudad, donde estuvieron después y se establecieron. Allí desarrollaron su poder y construyeron edificios de cal y canto bajo la cuarta generación de reyes.

Y gobernaron Conaché y Beleheb-Queh, el Galel-Ahau. En seguida reinaron el rey Cotuhá e Iztayul, así llamados, Ahpop y Ahpop-Camhá, quienes reinaron allí en Izmachí, que fue la hermosa ciudad que construyeron.

Solamente tres Casas grandes existieron allí en Izmachí. No había entonces las veinticuatro Casas grandes, solamente tres eran sus Casas grandes, una sola Casa grande de los Cavec, una sola Casa grande de los Nihaib y una sola de los Ahau-Quiché. Sólo dos tenían Casas grandes, las dos ramas de la familia [los quichés y los Tamub].

Y estaban allí en Izmachí con un solo pensamiento, sin animadversiones ni dificultades, tranquilo estaba el reino, no tenían pleitos ni riñas, sólo la paz

144

y la felicidad estaban en sus corazones. No había envidia ni tenían celos. Su grandeza era limitada, no habían pensado en engrandecerse ni en aumentar. Cuando trataron de hacerlo, empuñaron el escudo allí en Izmachí y sólo para dar muestras de su imperio, en señal de su poder y señal de su grandeza.

Viendo esto los de Ilocab, comenzó la guerra por parte de los de Ilocab, quienes quisieron ir a matar al rey Cotuhá, deseando tener solamente un jefe suyo. Y en cuanto al Señor Iztayul, querían castigarlo, que fuera castigado por los de Ilocab y que le diesen muerte. Pero su envidia no les dio resultado contra el rey Cotuhá, quien cayó sobre ellos antes que los de Ilocab pudiesen darle muerte al rey.

Así fue el principio de la revuelta y de las disensiones de la guerra. Primero atacaron la ciudad y llegaron los guerreros. Y lo que querían era la ruina de la raza quiché, deseando reinar ellos solos. Pero sólo llegaron a morir, fueron capturados y cayeron en cautividad y no fueron muchos de entre ellos los que lograron escapar.

En seguida comenzaron a sacrificarlos; los de Ilocab fueron sacrificados ante el dios, y éste fue el pago de sus pecados por orden del rey Cotuhá. Muchos fueron también los que cayeron en esclavitud y en servidumbre; sólo fueron a entregarse y ser vencidos por haber dispuesto la guerra contra los Señores y contra la ciudad. La destrucción y la ruina de la raza y del rey del Quiché era lo que deseaban sus corazones; pero no lo consiguieron.

De esta manera nacieron los sacrificios de los hombres ante los dioses, cuando se libró la guerra de los escudos, que fue la causa de que se comenzaran a hacer las fortificaciones de la ciudad de Izmachí.

Allí comenzó y se originó su poderío, porque era realmente grande el imperio del rey del Quiché. En todo sentido eran reyes prodigiosos; no había quien pudiera dominarlos, ni había nadie que los pudiera humillar. Y fueron asimismo los creadores de la grandeza del reino que se fundó allí en Izmachí.

Allí creció el temor a su dios, sentían temor y se llenaron de espanto todas las tribus, grandes y pequeñas, que presenciaban la llegada de los cautivos, los cuales eran sacrificados y matados por obra del poder y señorío del rey Cotuhá, del rey Iztayul y los de Nihaib y de Ahau-Quiché.

Solamente tres ramas de la familia [quiché] estuvieron allí en Izmachí, que así se llamaba la ciudad, y allí comenzaron también los festines y orgías con motivo de sus hijas, cuando llegaban a pedirlas en matrimonio. Y así se juntaban las tres Casas grandes, por ellos así llamadas, y allí bebían sus bebidas, allí comían también su comida, que era el precio de sus hermanas, el precio de sus hijas, y sus corazones se alegraban cuando lo hacían y comían y bebían en las Casas grandes.

—Éstos son nuestros agradecimientos y así abrimos el camino a nuestra posteridad y nuestra descendencia, ésta es la demostración de nuestro consentimiento para que sean esposas y maridos, decían.

Allí se identificaron, y allí les dieron sus nombres, se distribuyeron en parcialidades, en las siete tribus principales y en cantones.

—Unámonos, nosotros los de Cavec, nosotros los de Nihaib y nosotros los de Ahau-Quiché, dijeron las tres familias y las tres Casas grandes. Por largo tiempo estuvieron allí en Izmachí, hasta que encontraron y vieron otra ciudad y abandonaron la de Izmachí.

146

CAPÍTULO VIII

Después de haberse levantado de allá, vinieron aquí
a la ciudad de *Gumarcaah*,[10] nombre que le dieron
los quichés cuando vinieron los reyes Cotuhá y Gucumatz y todos los Señores. Habían entrado entonces en la quinta generación de hombres desde el
principio de la civilización y de la población, el principio de la existencia de la nación.

Allí, pues, hicieron muchos sus casas y asimismo
construyeron el templo del dios; en el centro de la
parte alta de la ciudad lo pusieron cuando llegaron
y se establecieron.

Luego fue el crecimiento de su imperio. Eran muchos y numerosos cuando celebraron consejo en sus
Casas grandes. Se reunieron y se dividieron, porque
habían surgido disensiones y existían celos entre
ellos por el precio de sus hermanas y de sus hijas,
y porque ya no hacían sus bebidas en su presencia.

Ésta fue, pues, la causa de que se dividieran y que
se volvieran unos contra otros y se arrojaran las
calaveras de los muertos, se las arrojaran entre sí.

Entonces se dividieron en nueve familias, y habiendo terminado el pleito de las hermanas y de las
hijas, ejecutaron la disposición de dividir el reino
en veinticuatro Casas grandes, lo que así se hizo
Hace mucho tiempo que vinieron todos aquí a su
ciudad, cuando terminaron las veinticuatro Casas
grandes, allí en la ciudad de Gumarcaah, que fue
bendecida por el Señor Obispo. Posteriormente la
ciudad fue abandonada.

Allí se engrandecieron, allí instalaron con esplendor sus tronos y sitiales, y se distribuyeron sus ho-
nores entre todos los Señores. Formáronse nueve
familias con los nueve Señores de Cavec, nueve con

147

los señores de Nihaib, cuatro de los Señores de Ahau-Quiché y dos con los señores de Zaquic.

Volviéronse muy numerosos y muchos eran también los que seguían a cada uno de los Señores; éstos eran los primeros entre sus vasallos y muchísimas eran las familias de cada uno de los Señores.

Diremos ahora los nombres de cada uno de los Señores de cada una de las Casas grandes. He aquí, pues, los nombres de los Señores de Cavec. El primero de los Señores era el *Ahpop*,[11] [luego] el *Ahpop-Camhá*,[12] el *Ah-Tohil*,[13] el *Ah-Gucumatz*,[14] el *Nim-Chocoh-Cavec*,[15] el *Popol-Vinac-Chituy*,[16] el *Lolmet-Quehnay*,[17] el *Popol-Vinac Pa Hom Tzalatz*[18] y el *Uchuch-Camhá*.[19]

Éstos eran, pues, los Señores de los de Cavec, nueve Señores. Cada uno tenía su Casa grande. Más adelante aparecerán de nuevo.

He aquí los Señores de los de Nihaib. El primero era el *Ahau-Galel*, luego vienen el *Ahau-Ahtzic-Vinac*, el *Galel-Camhá*, el *Nimá-Camhá*, el *Uchuch-Camhá*, el *Nim-Chocoh-Nihaibab*, el *Avilix*, el *Yacolatam*, el *Utzam-pop-Zaclatol* y el *Nimá-Lolmet-Ycoltux*, los nueve Señores de los de Nihaib.

Y en cuanto a los de Ahau-Quiché, éstos son los nombres de los Señores: *Ahtzic-Vinac, Ahau-Lolmet, Ahau-Nim-Chocoh-Ahau* y *Ahau-Hacavitz*, cuatro Señores de los Ahau-Quiché, en el orden de sus Casas grandes.

Y dos eran las familias de los Zaquic, los Señores *Tzutuhá* y *Galel-Zaquic*. Estos dos señores sólo tenían una Casa grande.

CAPÍTULO IX

DE ESTA manera se completaron los veinticuatro Señores y existieron las veinticuatro Casas grandes. Así crecieron la grandeza y el poderío del Quiché. Entonces se engrandeció y dominó la superioridad de los hijos del Quiché, cuando construyeron de cal y canto la ciudad de los barrancos.

Vinieron los pueblos pequeños, los pueblos grandes ante la persona del rey. Se engrandeció el Quiché cuando surgió su gloria y majestad, cuando se levantaron la casa del dios y la casa de los Señores. Pero no fueron éstos los que las hicieron ni las trabajaron, ni tampoco construyeron sus casas, ni hicieron la casa del dios, pues fueron [hechas] por sus hijos y vasallos, que se habían multiplicado.

Y no fue engañándolos, ni robándolos, ni arrebatándolos violentamente, poque en realidad pertenecía cada uno a los Señores, y fueron muchos sus hermanos y parientes que se habían juntado y se reunían para oír las órdenes de cada uno de los Señores.

Verdaderamente los amaban y grande era la gloria de los Señores; y era tenido en gran respeto el día en que habían nacido los Señores por sus hijos y vasallos, cuando se multiplicaron los habitantes del campo y de la ciudad.

Pero no fue que llegaran a entregarse todas las tribus, ni que cayeran en batalla los [habitantes de los] campos y las ciudades, sino que se engrandecieron a causa de los Señores prodigiosos, del rey Gucumatz y del rey Cotuhá. Verdaderamente, Gucumatz era un rey prodigioso. Siete días subía al cielo y siete días caminaba para descender a Xibalbá; siete días se convertía en culebra y verdade-

149

ramente se volvía serpiente; siete días se convertía en águila, siete días se convertía en tigre: verdaderamente su apariencia era de águila y de tigre. Otros siete días se convertía en sangre coagulada y solamente era sangre en reposo.

En verdad era maravillosa la naturaleza de este rey, y todos los demás Señores se llenaban de espanto ante él. Eparcióse la noticia de la naturaleza prodigiosa del rey y la oyeron todos los Señores de los pueblos. Y éste fue el principio de la grandeza del Quiché, cuando el rey Gucumatz dio estas muestras de su poder. No se perdió su imagen en la memoria de sus hijos y sus nietos. Y no hizo esto para que hubiera un rey prodigioso; lo hizo solamente para que hubiera un medio de dominar a todos los pueblos, como una demostración de que sólo uno era llamado a ser el jefe de los pueblos.

Fue la cuarta generación de reyes, la del rey prodigioso llamado Gucumatz, quien fue asimismo Ahpop y Ahpop-Camhá.

Quedaron sucesores y descendientes que reinaron y dominaron, y que engendraron a sus hijos, e hicieron muchas cosas. Fueron engendrados Tepepul e Iztayul, cuyo reinado fue la quinta generación de reyes, y asimismo cada una de las generaciones de estos Señores tuvo sucesión.

CAPÍTULO X

HE AQUÍ ahora los nombres de la sexta generación de reyes. Fueron dos grandes reyes, *Gag-Quicab* se llamaba el primer rey y el otro *Cavizimah*, e hicieron grandes cosas y engrandecieron el Quiché, porque ciertamente eran de naturaleza portentosa.

He aquí la destrucción y división de los campos y los pueblos de las naciones vecinas, pequeñas y grandes. Entre ellas estaba la que antiguamente fue la patria de los cakchiqueles, la actual *Chuvilá*,[20] y los de Rabinal,[21] *Pamacá*,[22] la patria de los de *Caoque*,[23] *Zaccabahá*,[24] y las ciudades de los de *Zaculeu*,[25] de *Chuvi-Miquiná*,[26] *Xelahú*,[27] *Chuvá-Tzac* [28] y *Tzolohché*.[29]

Estos [pueblos] aborrecían a Quicab. Él les hizo la guerra y ciertamente conquistó y destruyó los campos y ciudades de los rabinaleros, los cakchiqueles y los de Zaculeu, llegó y venció a todos los pueblos, y lejos llevaron sus armas los soldados de Quicab. Una o dos tribus no trajeron el tributo, y entonces cayó sobre todas las ciudades y tuvieron que llevar el tributo ante Quicab y Cavizimah.

Los hicieron esclavos, fueron heridos y asaeteados contra los árboles y ya no tuvieron gloria, no tuvieron poder. Así fue la destrucción de las ciudades que fueron al instante arrasadas hasta los cimientos. Semejante al rayo que hiere y destroza la roca, así llenó de terror en un momento a los pueblos vencidos.

Frente a *Colché*, como señal de una ciudad [destruida] por él, hay ahora un volcán de piedras, que casi fueron cortadas como con el filo de un hacha. Está allá en la costa llamada de *Petatayub*,[30] y pueden verlo claramente hoy día las gentes que pasan, como testimonio del valor de Quicab.

No pudieron matarlo ni vencerlo, porque verdaderamente era un hombre valiente, y todos los pueblos le rendían tributo.

Y habiendo celebrado consejo todos los Señores, se fueron a fortificar las barrancas y las ciudades, habiendo conquistado las ciudades de todas las tribus. Luego salieron los vigías para observar al enemigo y fundaron a manera de pueblos en los lugares ocupados: —Por si acaso vuelven las tribus a ocupar la ciudad, dijeron cuando se reunieron en consejo todos los Señores.

En seguida salieron a sus puestos. —Éstos serán como nuestros fortines y nuestros pueblos, nuestras murallas y defensas; aquí se probarán nuestro valor y nuestra hombría, dijeron todos los Señores cuando se dirigieron al puesto señalado a cada parcialidad para pelear con los enemigos.

Y habiendo celebrado consejo todos los Señores, se fueron a fortificar las barrancas y las ciudades, —¡Id allá, porque ya son tierra nuestra! ¡No tengáis miedo si hay todavía enemigos que vengan a vosotros para mataros; venid aprisa a dar parte y yo iré a darles muerte!, les dijo Quicab cuando los despidió a todos en presencia del Galel y el Ahtzic Vinac.[31]

Marcháronse entonces los flecheros y los honderos, así llamados. Entonces se repartieron los abuelos y padres de toda la nación quiché. Estaban en cada uno de los montes y eran como guardias de los montes, como guardianes de las flechas y las hondas y centinelas de la guerra. No eran de distinto origen ni tenían diferente dios, cuando se fueron. Solamente iban a fortificar sus ciudades.

Salieron entonces todos los de *Uvilá*,[32] los de *Chulimal, Zaquiyá, Xahbaquieh, Chi-Temah, Vahxalahuh,* y los de *Cabracán*,[33] *Chabicac-Chi-Hunahpú,* y los de *Macá*,[34] los de *Xoyabah*,[35] los de *Zaccabahá*,[36] los de *Ziyahá*,[37] los de *Miquiná*,[38] los de *Xelahuh*,[39] y los de la costa. Salieron a vigilar la guerra y a guardar la tierra, cuando se fueron de orden de Quicab y Cavizimah, [que eran] el Ahpop y el Ahpop-Cam-

152

há, y del Galel y el Ahtzic-Vinac, que eran los cuatro Señores.

Fueron enviados para vigilar a los enemigos de *Quicab* y *Cavizimah*, nombres de los reyes, ambos de la Casa de Cavec, de *Queemá*, nombre del Señor de los de Nihaib, y de *Achac-Iboy*, nombre del Señor de los Ahau-Quiché. Éstos eran los nombres de los Señores que los enviaron y despacharon cuando se fueron sus hijos y vasallos a las montañas, a cada una de las montañas.

Fuéronse en seguida y trajeron cautivos, trajeron prisioneros a presencia de Quicab, Cavizimah, el Galel y el Ahtzic-Vinac. Hicieron la guerra los flecheros y los honderos, haciendo cautivos y prisioneros. Fueron unos héroes los defensores de los puestos, y los Señores les dieron y prodigaron sus premios cuando aquéllos vinieron a entregar todos sus cautivos y prisioneros.

A continuación se reunieron en consejo de orden de los Señores, el Ahpop, el Ahpop-Camhá, el Galel y el Ahtzic-Vinac, y dispusieron y dijeron que los que allí estaban primero tendrían la dignidad de representantes de su familia. —¡Yo soy el Ahpop! ¡Yo soy el Ahpop-Camhá!, mía será la dignidad de Ahpop; mientras que la tuya, Ahau-Galel, será la dignidad de Galel, dijeron todos los Señores cuando celebraron su consejo.

Lo mismo hicieron los de Tamub y los de Ilocab; igual fue la condición de las tres parcialidades del Quiché cuando nombraron capitanes y ennoblecieron por primera vez a sus hijos y vasallos. Tal fue el resultado de la consulta. Pero no fueron hechos capitanes aquí en el Quiché. Tiene su nombre el monte donde fueron hechos capitanes por primera vez los hijos y vasallos, cuando los enviaron a todos, cada uno a su monte, y se reunieron todos. *Xebalax* y *Xecamax* son los nombres de los montes donde fueron hechos capitanes y recibieron sus cargos. Esto pasó en *Chulimal*.

Así fue el nombramiento, la promoción y distinción de los veinte Galel, de los veinte Ahpop, que fueron nombrados por el Ahpop y el Ahpop-Camhá y por el Galel y el Ahtzic-Vinac. Recibieron sus dignidades todos los *Galel-Ahpop*, once *Nim-Chocoh, Galel-Ahau, Galel-Zaquic*, el *Galel-Achih, Rahpop-Achih, Rahtzalam-Achih, Utzam-Achih,* nombres que recibieron los guerreros cuando les confirieron los títulos y distinciones en sus tronos y asientos, siendo los primeros hijos y vasallos de la nación quiché, sus vigías, sus escuchas, los flecheros, los honderos, murallas, puertas, fortines y bastiones del Quiché.

Así también lo hicieron los de Tamub e Ilocab; nombraron y ennoblecieron a los primeros hijos y vasallos que había en cada lugar.

Éste fue, pues, el origen de los Galel-Ahpop y de las dignidades que existen ahora en cada uno de estos lugares. Así fue su origen cuando surgieron. Por el Ahpop y el Ahpop-Camhá, por el Galel y el Ahtzic-Vinac aparecieron.

CAPÍTULO XI

DIREMOS ahora el nombre de la casa del Dios. La casa era designada asimismo con el nombre del dios. El *Gran Edificio de Tohil* era el nombre del edificio del templo de Tohil, de los de Cavec. *Avilix* era el nombre del edificio del templo de Avilix, de los de Nihaib; y *Hacavitz* era el nombre del edificio del templo del dios de los Ahau-Quiché.[40]

Tzutuhá, que se ve en *Cahbahá,* es el nombre de un gran edificio, en el cual había una piedra que adoraban todos los Señores del Quiché y que era adorada también por todos los pueblos.[41]

Los pueblos hacían primero sus sacrificios ante Tohil y después iban a ofrecer sus respetos al Ahpop y al Ahpop-Camhá. Luego iban a presentar sus plumas ricas y su tributo ante el rey. Y los reyes a quienes sostenían eran el Ahpop y el Ahpop-Camhá, que habían conquistado sus ciudades.

Grandes Señores y hombres prodigiosos eran los reyes portentosos Gucumatz y Cotuhá, y los reyes portentosos Quicab y Cavizimah. Ellos sabían si se haría la guerra y todo era claro ante sus ojos; veían si habría mortandad o hambre, si habría pleitos. Sabían bien que había donde podían verlo, que existía un libro por ellos llamado *Popol Vuh.*

Pero no sólo de esta manera era grande la condición de los Señores. Grandes eran también sus ayunos. Y esto era en pago de haber sido creados y en pago de su reino.[42] Ayunaban mucho tiempo y hacían sacrificios a sus dioses. He aquí cómo ayunaban: Nueve hombres ayunaban y otros nueve hacían sacrificios y quemaban incienso. Trece hombres más ayunaban, otros trece hacían ofrendas y quemaban incienso ante Tohil. Delante de su dios se alimentaban únicamente de frutas, de zapotes, de matasanos y de jocotes. Y no tenían tortillas que comer.

Ya fuesen diecisiete hombres los que hacían el sacrificio, o diez los que ayunaban, de verdad no comían. Cumplían con sus grandes preceptos, y así demostraban su condición de Señores.

Tampoco tenían mujeres con quienes dormir, sino que se mantenían solos, ayunando. Estaban en la

155

casa del dios, estaban todo el día en oración, quemando incienso y haciendo sacrificios. Así permanecían del anochecer a la madrugada, gimiendo en sus corazones y en su pecho, y pidiendo por la felicidad y la vida de sus hijos y vasallos y asimismo por su reino, y levantando sus rostros al cielo.

He aquí sus peticiones a su dios, cuando oraban; y ésta era la súplica de sus corazones:

"¡Oh tú, hermosura del día! ¡Tú, Huracán; tú, Corazón del Cielo y de la Tierra! ¡Tú, dador de la riqueza, y dador de las hijas y de los hijos! Vuelve hacia acá tu gloria y tu riqueza; concédeles la vida y el desarrollo a mis hijos y vasallos; que se multipliquen y crezcan los que han de alimentarte y mantenerte; los que te invocan en los caminos, en los campos, a la orilla de los ríos, en los barrancos, bajo los árboles, bajo los bejucos.

"Dales sus hijas y sus hijos. Que no encuentren desgracia ni infortunio, que no se introduzca el engañador ni detrás ni delante de ellos. Que no caigan, que no sean heridos, que no forniquen, ni sean condenados por la justicia. Que no se caigan en la bajada ni en la subida del camino. Que no encuentren obstáculos ni detrás ni delante de ellos, ni cosa que los golpee. Concédeles buenos caminos, hermosos caminos planos. Que no tengan infortunio, ni desgracia, por tu culpa, por tu hechicería.

"Que sea buena la existencia de los que te dan el sustento y el alimento en tu boca, en tu presencia, a ti, Corazón del Cielo, Corazón de la Tierra, Envoltorio de la Majestad. Y tú, Tohil; tú, Avilix; tú, Hacavitz, bóveda de cielo, superficie de la tierra, los cuatro rincones, los cuatro puntos cardinales. ¡Que sólo haya paz y tranquilidad ante tu boca, en tu presencia, oh Dios!"

Así [hablaban] los Señores, mientras en el interior ayunaban los nueve hombres, los trece hombres y los diecisiete hombres. Ayunaban durante el día y gemían sus corazones por sus hijos y vasallos y por todas sus mujeres y sus hijos cuando hacían su ofrenda cada uno de los Señores.

Éste era el precio de la vida feliz, el precio del poder, o sea el mando del Ahpop, el Ahpop-Camhá, el Galel y el Ahtzic-Vinac. De dos en dos entraban [al gobierno] y se sucedían unos a otros para llevar la carga del pueblo y de toda la nación quiché.

Uno solo fue el origen de su tradición y el origen de la costumbre de mantener y alimentar, y uno también el origen de la tradición y de las costumbres semejantes de los de Tamub e Ilocab y los rabinaleros y cakchiqueles, los de Tziquinahá, de Tuhalahá y Uchabahá. Y eran un solo tronco [una sola familia], cuando escuchaban allí en el Quiché lo que todos ellos hacían.

Pero no fue sólo así como reinaron. No derrochaban los dones de los que los alimentaban y sostenían, sino que se los comían y bebían. Tampoco los compraban: habían ganado y arrebatado su imperio, su poder y su señorío.

Y no fue así no más como conquistaron los campos y ciudades; los pueblos pequeños y los pueblos grandes pagaron cuantiosos rescates; trajeron piedras preciosas y metales, trajeron miel de abejas, pulseras, pulseras de esmeraldas y otras piedras y trajeron guirnaldas hechas de plumas azules,[43] el tributo de todos los pueblos. Llegaron a presencia de los reyes portentosos Gucumatz y Cotuhá, y ante Quicab y Cavizimah, el Ahpop, el Ahpop-Camhá, el Galel y el Ahtzic-Vinac.

No fue poco lo que hicieron, ni fueron pocos los

157

pueblos que conquistaron. Muchas ramas de los pueblos vinieron a pagar tributo al Quiché; llenos de dolor llegaron a entregarlo. Sin embargo, su poder no creció rápidamente. Gucumatz fue quien dio principio al engrandecimiento del reino. Así fue el principio de su engrandecimiento y del engrandecimiento del Quiché.

Y ahora enumeraremos las generaciones de los Señores y sus nombres, de nuevo nombraremos a todos los Señores.

CAPÍTULO XII

He aquí, pues, las generaciones y el orden de todos los reinados que nacieron con nuestros primeros abuelos y nuestros primeros padres, Balam-Quitzé, Balam-Acab, Mahucutah e Iqui-Balam, cuando apareció el sol y aparecieron la luna y las estrellas.

Ahora, pues, daremos principio a las generaciones, al orden de los reinados, desde el principio de su descendencia, cómo fueron entrando los Señores, desde su entrada hasta su muerte; cada generación de Señores y antepasados, así como el Señor de la ciudad, todos y cada uno de los Señores. Aquí, pues, se manifestará la persona de cada uno de los Señores del Quiché.

Balam-Quitzé, tronco de los de Cavec.

Qocavib, segunda generación de Balam-Quitzé.

Balam-Conaché, con quien comenzó el título de Ahpop, tercera generación.

Cotuhá e *Iztayub*, cuarta generación.

Gucumatz y *Cotuhá*, principio de los reyes portentosos, que fueron la quinta generación.

Tepepul e *Iztayul*, del sexto orden.[44]

Quicab y *Cavizimah*, la séptima sucesión del reino.[45]

Tepepul e *Iztayub*, octava generación.

Tecum y *Tepepul*, novena generación.[46]

Vahxaqui-Caam [47] y *Quicab*, décima generación de reyes.

Vucub-Noh y *Cauutepech*, el undécimo orden de reyes.[48]

Oxib-Queh y *Beleheb-Tzi*, la duodécima generación de reyes. Éstos eran los que reinaban cuando llegó *Donadiú* y fueron ahorcados por los castellanos.[49]

Tecum y *Tepepul*, que tributaron a los castellanos; éstos dejaron hijos y fueron la décimotercera generación de reyes.[50]

Don Juan de Rojas y *don Juan Cortés*, décimocuarta generación de reyes, fueron hijos de Tecum y Tepepul.

Éstas son, pues, las generaciones y el orden del reinado de los Señores Ahpop y Ahpop-Camhá de los Quichés de Cavec.

Y ahora nombraremos de nuevo las familias. Éstas son las Casas grandes de cada uno de los Señores que siguen al Ahpop y al Ahpop-Camhá. Éstos son los nombres de las nueve familias de los Cavec, de las nueve Casas grandes y éstos son los títulos de los Señores de cada una de las Casas grandes:

Ahau-Ahpop, una Casa grande. *Cuhá* era el nombre de la Casa grande.

Ahau-Ahpop-Camhá, cuya Casa grande se llamaba *Tziquinahá*.

Nim-Chocoh-Cavec, una Casa grande.

Ahau-Ah-Tohil, una Casa grande.

Ahau-Ah-Gucumatz, una Casa grande.

Popol-Vinac Chituy, una Casa grande.

Lolmet-Quehnay, una Casa grande.

Popol-Vinac Pahom Tzalatz Ixcuxebá, una Casa grande.

Tepeu-Yaqui, una Casa grande.

Éstas son, pues, las nueve familias de Cavec. Y eran muy numerosos los hijos y vasallos de las tribus que seguían a estas nueve Casas grandes.

He aquí las nueve Casas grandes de los de Nihaib. Pero primero diremos la descendencia del reino. De un solo tronco se originaron estos nombres cuando comenzó a brillar el sol, al principio de la luz.

Balam-Acab, primer abuelo y padre.

Qoacul y *Qoacutec*, la segunda generación.

Cochahuh y *Cotzibahá*, la tercera generación.

Beleheb-Queh [I], la cuarta generación.

Cotuhá [I], la quinta generación de reyes.

Batzá, la sexta generación.

Iztayul, la séptima generación de reyes.

Cotuhá [II], el octavo orden del reino.

Beleheb-Queh [II], el noveno orden.

Quemá, así llamado, décima generación.

Ahau-Cotuhá, la undécima generación.

Don Christóval, así llamado, que reinó en tiempo de los castellanos.

Don Pedro de Robles, el actual Ahau-Galel.

Éstos son, pues, todos los reyes que descendieron de los Ahau-Galel. Ahora nombraremos a los Señores de cada una de las Casas grandes.

Ahau-Galel, el primer Señor de los de Nihaib, jefe de una Casa grande.

Ahau-Ahtzic-Vinac, una Casa grande.

Ahau-Galel Camhá, una Casa grande.

Nimá-Camhá, una Casa grande.

Uchuch-Camhá, una Casa grande.

Nim-Chocoh-Nihaib, una Casa grande.

Ahau-Avilix, una Casa grande.

Yacolatam, una Casa grande.

Nimá-Lolmet-Ycoltux, una Casa grande.

Éstas son, pues, las Casas grandes de los de Nihaib; éstos eran los nombres de las nueve familias de los de Nihaib, así llamados. Numerosas fueron las familias de cada uno de los Señores, cuyos nombres hemos consignado primero.

He aquí ahora la descendencia de los de Ahau-Quiché, siendo su abuelo y padre

Mahucutah, el primer hombre.

Qoahau, nombre de la segunda generación de reyes.

Caglacán.

Cocozom.

Comahcun.

Vucub-Ah.

Cocamel.

Coyabacoh.

Vinac-Bam.

Éstos fueron los reyes de los de Ahau-Quiché: éste es el orden de sus generaciones.

He aquí ahora los nombres de los Señores que componen las Casas grandes; sólo había cuatro Casas grandes:

Ahtzic-Vinac-Ahau se llamaba el primer Señor de una Casa grande.

Lolmet-Ahau, segundo Señor de una Casa grande.

Nim-Chocoh-Ahau, tercer Señor de una Casa grande.

Hacavitz, el cuarto Señor de una Casa grande.

Cuatro eran, pues, las Casas grandes de los Ahau-Quiché.

Había, pues, tres *Nim-Chocoh,* que eran como los **padres** [investidos de autoridad] por todos los Se-

161

ñores del Quiché. **Reuníanse los tres Chocoh para dar a conocer** las disposiciones de las madres, las disposiciones de los padres. Grande era la condición de los tres Chocoh.

Eran, pues, el Nim-Chocoh de los Cavec, el Nim-Chocoh de los Nihaib, que era el segundo, y el Nim-Chocoh-Ahau de los Ahau-Quiché, que era el tercer Nim-Chocoh, o sean los tres Chocoh, que representaba cada uno a su familia.

Y ésta fue la existencia de los quichés, porque ya no puede verse el [*libro Popol Vuh*] que tenían antiguamente los reyes,[51] pues ha desaparecido.

Así, pues, se han acabado todos los del Quiché, que se llama *Santa Cruz*.[52]

NOTAS

AL PREAMBULO

¹ En este principio de las antiguas historias de la raza
y en los renglones siguientes, el desconocido autor da el
nombre de Quiché al país, así llamado: *varal Quiché u bi;*
a la ciudad, *Quiché tinamit,* y a las tribus de la nación,
r'amag Quiché vinac. La palabra *quiché, queché* o *quechelah*
significa bosque en varias de las lenguas de Guatemala, y
proviene de *qui, quiy,* muchos y *che,* árbol, palabra maya
original. Quiché, tierra de muchos árboles, poblada de bosques, era el nombre de la nación más poderosa del interior
de Guatemala en el siglo xvi. El mismo significado tiene la
palabra náhuatl *Quauhtlemallan,* que es probablemente una
traducción del nombre Quiché y que, lo mismo que éste, describe con acierto el país montuoso y fértil que se extiende al
sur de México. Es indudable que el nombre azteca Quauhtlemallan, del cual se derivó el moderno de Guatemala, se
aplicaba a todo el país y no solamente a la capital de los
cakchiqueles, *Iximché* (el árbol llamado ahora ramón), a la
cual los tlaxcaltecas que llegaron con Alvarado llamaron
Tecpán-Quauhtlemallan. Todo este territorio situado al sur
de Yucatán y el Petén-Itzá era conocido desde antes de la
conquista española con los nombres de Quauhtlemallan y
Tecolotlán (Verapaz hoy día).

² Para escribir las antiguas historias del origen y desarrollo de la nación quiché el autor probablemente se sirvió, no
sólo de la tradición oral, sino también de las pinturas antiguas. Sahagún refiere que los sacerdotes toltecas cuando
caminaban hacia el Oriente (Yucatán) llevaban consigo "todas sus pinturas donde tenían todas las cosas de antiguallas
y de los oficios mecánicos". En el cap. vi de la Cuarta Parte
de este libro se lee que el Señor Nacxit (Quetzalcóatl) dio
a los príncipes quichés, entre otras cosas, "las pinturas de
Tulán (*u tzibal Tulán*), las pinturas, como le llamaban a
aquello en que ponían sus historias".

³ Éstos son los nombres de la divinidad, ordenados en

parejas creadoras de acuerdo con la concepción dualística de los quichés, como sigue:

Tzacol y *Bitol*, el Creador y el Formador;

Alom, la diosa madre, la que concibe los hijos, de *al*, hijo, *alán*, dar a luz. *Qaholom*, el dios padre que engendra los hijos, de *qahol*, hijo del padre, *qaholah*, engendrar. Madre y padre los llama Ximénez; son el Gran Padre y la Gran Madre, así llamados por los indios, según refiere Las Casas, y que estaban en el cielo;

Hunahpú-Vuch, un cazador vulpeja o tacuazín (*Opossum*), dios del amanecer; *vuch* es el momento que precede al amanecer. *Hunahpú-Vuch* es la divinidad en potencia femenina, según Seler. *Hunahpú-Utiú*, un cazador coyote, variedad de lobo (*Canis latrans*), dios de la noche, en potencia masculina;

Zaqui-Nimá-Tziís, Gran pisote blanco (*Nasua nasica*) o coatí, encanecido por la edad, diosa madre; y su consorte, *Nim-Ac*, Gran cerdo montés, o jabalí, ausente en este lugar por una omisión mecánica, pero invocado en el capítulo siguiente;

Tepeu, el rey o soberano, del náhuatl *Tepeuh*, *tepeuani*, que Molina traduce por conquistador o vencedor en batalla; *ah tepehual* entre los mayas, quienes lo tomaron igualmente de los mexicanos. *Gucumatz*, serpiente cubierta de plumas verdes, de *guc*, en maya *kuk*, plumas verdes, quetzal por antonomasia, y *cumatz*, serpiente; es la versión quiché de *Kukulcán*, el nombre maya de *Quetzalcóatl*, el rey tolteca, conquistador, civilizador y dios de Yucatán durante el período del Nuevo Imperio Maya. El fuerte colorido mexicano de la religión de los quichés se refleja en esta pareja creadora que continúa siendo invocada a través del libro hasta que la divinidad toma forma corporal en *Tohil*, a quien en la Tercera Parte se identifica expresamente con Quetzalcóatl;

U Qux Cho, el corazón o el espíritu de la laguna. *U Qux Paló*, el corazón o espíritu del mar. Ya se verá que a la divinidad la llamaban también el Corazón del Cielo, *u Qux Cah*;

Ah Raxá Lac, el Señor del verde plato, o sea la tierra; *Ah Raxá Tzel*, el Señor de la jícara verde o del cajete azul, como dice Ximénez, o sea el cielo.

El nombre *Hunahpú* ha sido objeto de muchas interpretaciones. Literalmente, significa un cazador con cerbatana, un tirador; etimológicamente es eso mismo y es vocablo de la lengua maya, *ahpú* en maya es cazador y *ah ppuh ob*, forma de plural, son los monteros que van a la caza, según el *Diccionario de Motul*. Es evidente, sin embargo, que los quichés debían tener alguna razón más plausible que esta etimología para dar ese nombre a la divinidad. El cazador en los tiempos primitivos era un personaje muy importante; el pueblo vivía de la caza y de los frutos espontáneos de la tierra antes de la invención de la agricultura. *Hunahpú* sería, en consecuencia, el cazador universal, que proveía al hombre de sustento; *hun* tiene también en maya la acepción de general y universal. Pero posiblemente los quichés que descendían directamente de los mayas, quisieron reproducir en el nombre *Hunahpú* el sonido de las palabras mayas *Hunab Ku*, "el único dios", que servían para designar al dios principal del panteón maya, que no podía representarse materialmente, por ser incorpóreo. La pintura de un cazador podría haber servido en los tiempos antiguos para representar el fonema *Hunab Ku* que encerraba una idea abstracta, la de un ser espiritual y divino. El procedimiento es común en la escritura pictográfica precolombina. *Hunahpú* es también el nombre del vigésimo día del calendario quiché, el día más venerado de los antiguos, equivalente al maya *Ahau*, señor o jefe, y al náhuatl *Xóchitl*, flor y sol, símbolo del dios sol o *Tonatiuh*.

⁴ *Ixpiyacoc* e *Ixmucané*, el viejo y la vieja (en maya *ixnuc* es vieja), equivalentes de los dioses mexicanos Cipactonal y Oxomoco, los sabios que según la leyenda tolteca inventaron la astrología judiciaria y compusieron la cuenta de los tiempos, o sea el calendario.

⁵ *Popo Vuh*, o *Popol Vuh*, literalmente el libro de la comunidad. La palabra *popol* es maya y significa junta, reunión o casa común. *Popol na* es la "casa de comunidad donde se juntan a tratar de cosas de república", dice el *Diccionario de Motul*. *Pop* es verbo quiché que significa juntar, adunar, amontonarse la gente, según Ximénez; y *popol* cosa perteneciente al cabildo, comunal, nacional. Por esta razón Ximénez interpreta el *Popol Vuh* como Libro del Común, o del Consejo. *Vuh* o *uúh* es libro, papel o trapo y se deriva del maya *húun* o *úun*, que es papel y libro y el árbol de cuya corteza se hacía el papel antiguamente y que los nahuas llaman *amatl*, en Guatemala popularmente amatle (*Ficus cotinifolia*). Nótese que en muchas palabras la *n* del maya se convierte en *j*, o *h* aspirada en quiché. *Na*, casa en maya, se convier-

165

te en *ha*, o *ja; húun*, o *úun*, libro en maya, se vuelve *vuh* o *uúh* en quiché.

⁶ Los cuatro puntos cardinales, según Brasseur. Es la misma idea de los cuatro *Bacabes* que sostienen el cielo de los mayas.

⁷ Cuando enumera personas de los dos sexos, se observará que el *Popol Vuh* galantemente menciona primero a la mujer.

A LA PRIMERA PARTE

¹ Estaban en el agua porque los quichés asociaban el nombre de Gucumatz con el líquido elemento. El Obispo Núñez de la Vega dice que Gucumatz es culebra de plumas que anda en el agua. El manuscrito cakchiquel refiere que a uno de los pueblos primitivos que emigraron a Guatemala se le llamó Gucumatz porque su salvación estaba en el agua.

² *Guc*, o *q'uc*, *kuk* en maya, es el ave que hoy se llama quetzal (*Pharomacrus mocinno*); el mismo nombre se da a las hermosas plumas verdes de la cola de esta ave, a las cuales se llama *quetzalli* en náhuatl. *Raxón*, o *raxom* es otra ave de plumaje azul celeste, según Basseta, un pájaro de "pecho musgo y alas azules", según el *Vocabulario de los Padres Franciscanos*. Ranchón en la lengua vulgar de Guatemala, es la *Cotinga amabilis*, de color azul turquesa y pecho y garganta morados que los mexicanos llaman *xiuhtótotl*. Las plumas de estas dos aves tropicales, que abundan especialmente en la región de Verapaz, eran usadas en los adornos ceremoniales de los reyes y señores principales desde los tiempos más antiguos de los mayas.

³ Con la concisión propia del idioma quiché, el autor refiere cómo nació claramente la idea en la mente de los Formadores, cómo se reveló la necesidad de crear al hombre, objeto último y supremo de la Creación, según las ideas finalistas de los quichés. La idea de crear al hombre se concibió entonces, pero como se verá en el curso de la narración, no se puso en práctica hasta mucho tiempo después.

⁴ *Huracán*, una pierna; *Caculhá Huracán*, rayo de una pierna, o sea el relámpago; *Chipi Caculhá*, rayo pequeño. Ésta es la interpretación de Ximénez. El tercero, *Raxa Caculhá*, es el rayo verde, según el mismo escritor, y el relámpago o el trueno, según Brasseur. El adjetivo *rax* tiene, entre otros significados, el de repentino o súbito. En cakchi-

quel *raxhaná-hih* es el relámpago. Sin embargo de todo esto, *racán* tiene en quiché y en cakchiquel el significado de grande o largo.

[5] Literalmente, el hombrecillo del bosque. Los antiguos indios creían que los montes estaban habitados por estos seres guardianes, espíritus de los montes, especie de duendes semejantes a los *alux* de los mayas.

[6] *R'atit quih, r'atit zac.* La palabra *atit* debe entenderse aquí en sentido colectivo, abarcando a los dos abuelos Ixpiyacoc e Ixmucané, a quienes luego llama el texto por sus nombres. La misma expresión se lee más adelante.

[7] El autor llama dos veces madre a Hunahpú-Vuch y dos veces padre a Hunahpú-Utiú, definiendo de esta manera el sexo de cada uno de los miembros de la pareja creadora.

[8] El texto parece enumerar en este sitio los oficios corrientes del hombre de aquel tiempo. El autor invoca al *ahqual*, que es evidentemente el que tallaba las esmeraldas o piedras verdes; al *ahyamanic*, o sea el joyero o platero; al *ahchut*, cincelador o escultor; al *ahtzalam*, tallador o ebanista; al *ahraxalac*, o sea el que fabricaba los verdes o hermosos platos; al *ahraxazel*, el que hacía los vasos o jícaras, verdes y hermosas, que ambos sentidos tiene la palabra *raxá;* al *ahgol*, que era el que trabajaba la resina o el copal, y, por último, al *ahtoltecat*, que era sin duda el platero, tolteca. Los toltecas fueron, en efecto, grandes maestros en el arte de la platería, que, según la leyenda, les fue enseñado por el propio Quetzalcóatl.

[9] *Tzité*, árbol de pito, *Erythrina corallodendron, Tzompanquahuitl* en lengua mexicana. Se usa en el campo para formar cercados. Su fruto es una vaina que encierra unos granos rojos parecidos al frijol, los cuales usaban y usan todavía los indios junto con los granos del maíz en sus sortilegios y hechicerías.

[10] *Ah tzité*, el que adivina la suerte por los granos del tzité; Basseta interpreta la palabra como hechicero, y eso es en este caso Ixpiyacoc.

[11] El nombre quiché *zibaque* se usa corrientemente en Guatemala para designar esta planta de la familia de las tifáceas, muy usada para la fabricación de esteras llamadas en el país petates tules.

[12] *Comalli* en lengua mexicana, *xot* en quiché, plato grande, semejante a un disco de barro, que se usa para cocer las tortillas de maíz.

[13] *Qui caa*, en el original, piedra de moler, *metate* en México.

[14] Los perros cuyas carnes comían aquellos hombres de palo no eran los que hoy existen en América, sino una variedad que los cronistas españoles llaman perros mudos, porque no ladraban. Sus aves de corral eran el pavo, el faisán y la gallina de monte.

[15] Estas palabras son únicamente una imitación del ruido que hace la piedra durante la molienda del maíz.

[16] La idea de un diluvio antiguo y la creencia de otro que sería el fin del mundo y tendría caracteres parecidos al que se describe en este lugar del *Popol Vuh*, existía todavía entre los indios de Guatemala en los años subsiguientes a la conquista española, según se lee en la *Apologética Historia* (cap. ccxxxv, p. 620).

[17] Según los *Anales de Cuauhtitlán*, en la cuarta edad de la tierra "se ahogaron muchas personas y arrojaron a los montes a otras y se convirtieron en monos". (Traducción de Galicia Chimalpopoca.)

[18] *Vucub-Caquix*, o sea Siete Guacamayos. Todo este episodio de Vucub-Caquix y sus hijos es completamente fabuloso y sin relación con hecho histórico alguno. Los quichés usaban frecuentemente el número siete (*vucub*) en los nombres propios, como se verá en el curso de este libro.

[19] Ésta parece ser una alusión a la inundación que destruyó a los hombres de palo. Más adelante observa el narrador que Vucub-Caquix existía al tiempo de la inundación. La idea común entre los indios era que no todos los hombres primitivos habían perecido durante el diluvio.

[20] Aquí aparece *Hun-Hunahpú* en lugar de *Hun-Ahpú*, error evidente que se corrige en el curso de la narración.

[21] *Zaqui-Nin-Ac*, el Gran Jabalí Blanco; *Zaqui-Nimá-Tziís*, el Gran Pisote Blanco. El viejo y la vieja representan a la pareja creadora que, bajo diferentes nombres, aparece en toda la primera parte de estas historias.

[22] *Omuch qaholab*, cuatrocientos muchachos. Se usa el nombre colectivo para indicar un gran número, un montón.

[23] *Ec*, "pie de gallo", una bromeliácea de hojas grandes y brillantes que crece sobre los árboles.

[24] Otras hojas más pequeñas llamadas *pahac*, dice Ximénez.

[25] La montaña de *Meaguán* se levanta al poniente del pueblo de Rabinal, en la región del río Chixoy.

26 Literalmente, mientras haya sol y claridad.

27 Del náhuatl *tizatl*, yeso. El autor usa la palabra maya y quiché *zahcab* que se aplica a una especie de cemento blanco natural que usaban los antiguos indios.

A LA SEGUNDA PARTE

1 Esto es, antes que hubiera sol, ni luna, ni hubiese sido creado el hombre.

2 *Hun-Hunahpú*, 1 *Hunahpú*; *Vucub-Hunahpú*, 7 *Hunahpú*, son dos días del calendario quiché. Como se sabe, los antiguos indios designaban los días anteponiendo un número a cada uno, formando series de 13 días que se repetían sin interrupción hasta formar el ciclo de 260 días que los mayas llamaban *tzolkín*, los quichés *cholquih* y los mexicanos *tonalpohualli*. Era costumbre dar a las personas el nombre del día en que nacían.

3 Nótese que, fuera de la indicación de que se dirá el nombre de los padres de Hunahpú e Ixbalanqué, no se vuelve a hablar de estos héroes hasta que se cuenta su nacimiento en el capítulo v de la Segunda Parte. Allí se refiere la otra mitad de la historia, que en este lugar deja el autor intencionalmente en la oscuridad.

4 *Ah chuen*, en maya, significa artesano. *Diccionario de Motul*.

5 Al lugar donde jugaban a la pelota, *pa hom* en el original, llegaba a observarlos el voc o vac, que es el gavilán.

6 *Chi-Xibalbá*. Antiguamente, dice el P. Coto, este nombre *Xibalbay* significaba el demonio, o los difuntos o visiones que se aparecían a los indios. En Yucatán tenía los mismos significados. *Xibalbá* era el diablo y *xibil* es desaparecerse como visión o fantasma, según el *Diccionario de Motul*. Los mayas practicaban un baile que llamaban *Xibalbá ocot*, o baile del demonio. Para los quichés Xibalbá era la región subterránea habitada por enemigos del hombre.

7 *Tzuun*, rodela de cuero, interpreta Ximénez. Eran los cueros que les cubrían las piernas y los protegían contra el golpe de la pelota.

8 *Vachzot*, cerco de la cara, según Ximénez, máscara. Todos estos objetos eran necesarios para el violento juego de la pelota y para ornato de los jugadores.

9 Título de algunos de los Señores y jefes quichés.

169

¹⁰ *Chabi-Tucur*, Buho flecha; *Huracán-Tucur*, Buho de una pierna, o Buho gigante; *Caquix-Tucur*, Buho guacamaya; *Holom-Tucur*, Cabeza de buho, o Buho que se distinguía por la cabeza. *Tucur* es el nombre quiché del buho. Así se llama también un pueblo de la Verapaz, San Miguel Tucurú. Esta ave nocturna es conocida indistintamente en Guatemala con el nombre de tucurú y con el de tecolote, del náhuatl *tecolotl*.

¹¹ La gran *Carchah*, centro importante de población en la Verapaz, región en donde parecen haber localizado los quichés los hechos mitológicos del *Popol Vuh*. En el Manuscrito cakchiquel se lee que éstos y los quichés fueron a poblar a *Subinal*, al medio de *Chacachil*, al medio de *Nimxor*, al medio de *Moinal*, al medio de *Carchah* (*nicah Carchah*). Algunos de estos lugares conservan sus nombres antiguos y pueden identificarse fácilmente en la región de la Verapaz. Según el documento cakchiquel, *Nim Xor y Carchah* eran dos sitios diferentes.

¹² *Nu zivan cul*, mi barranco o el barranco angosto. *Cu zivan*, barranco angosto, estrecho. *Zivan* es barranco, pero se llama así también a las cuevas subterráneas en Verapaz y el Petén; son los siguanes del lenguaje corriente. Los datos topográficos que suministra este capítulo y las indicaciones que se encuentran en otros lugares de esta Segunda Parte demuestran que los antiguos quichés tenían ideas bastante precisas sobre la localización del reino de Xibalbá, donde habitaban unos jefes sanguinarios y despóticos a quienes aquéllos estuvieron sujetos en los tiempos mitológicos. En el presente capítulo se señala, como punto de partida del camino de Xibalbá, el gran pueblo de Carchá que existe todavía a pocos kilómetros de Cobán, la capital del departamento de la Alta Verapaz. Saliendo de Carchá el camino bajaba "por unas escaleras muy inclinadas" hasta llegar a los barrancos o siguanes, entre los cuales corría un río precipitadamente; es decir, descendían de las montañas del interior hasta las tierras bajas del Petén, a los dominios de los itzaes. Al final de esta Segunda Parte se dice que los de Xibalbá eran los *Ah-Tza*, los *Ah-Tucur*, los malos, los buhos. Estas palabras, sin embargo, pueden leerse también como "los de *Itzá*" (Petén) y "los de *Tucur*", o sea *Tecolotlán*, la tierra de los buhos (la Verapaz). Son las dos regiones del norte de Guatemala, muy conocidas en el mundo antiguo, hasta donde los quichés no pudieron extender sus con-

170

quistas. Estos nombres confirman las indicaciones topográficas del texto. Las tribus que en tiempos relativamente recientes llegaron a establecerse en las montañas del interior de Guatemala tenían sin duda alguna creencia de que el norte del territorio estaba poblado por sus viejos enemigos, los mismos que en épocas anteriores disponían de las vidas de sus antepasados. Esos habitantes del norte eran los mayas del Viejo Imperio, una de cuyas ramas, la de los itzaes, fue la última en rendirse a los españoles en los años finales del siglo XVII. Otros datos dispersos en el *Popol Vuh* revelan que Xibalbá era un lugar profundo, subterráneo, un abismo desde el cual había que *subir* para llegar a la tierra; pero el propio documento quiché explica que los Señores de Xibalbá no eran dioses, ni eran inmortales, que eran falsos de corazón, hipócritas, envidiosos y tiranos. Que no eran invencibles se demuestra en el curso de la narración.

[13] *Chah* en quiché, *ocotl* en lengua mexicana, pino resinoso que usan los indios para alumbrarse.

[14] *Chay*, obsidiana, sustancia vidriosa, piedra volcánica negra, la "piedra de rayo" de los campesinos, de la cual desprendían los indios pequeñas hojas cortantes que usaban como cuchillos o navajas y puntas de flecha.

[15] Aunque no se había mencionado antes, Ixquic sabía muy bien que los Señores deseaban su corazón para quemarlo. Ésta era una antigua costumbre de los mayas.

[16] *Chuh Cakché*. Es el árbol que los mexicanos llamaban *ezquahuitl*, árbol de sangre, y los europeos denominaban sangre, Sangre de Dragón, *Croton sanguifluus*, una planta tropical cuya savia tiene el color y la densidad de la sangre.

[17] Era la abuela de estos muchachos, que les servía de madre.

[18] Guardián de las sementeras.

[19] Brasseur interpreta estos nombres como sigue: *Ixtoh*, la diosa de la lluvia; *Ixcanil*, la diosa de las mieses (de *ganel*, espiga de maíz amarillo); e *Ixcacau*, la diosa del cacao.

[20] *U qolibal cat chuxe*. Ni Brasseur ni Ximénez traducen *chuxe*, al pie.

[21] *Canté*, palo amarillo, *Gliricidia sepium*. Árbol de cuyas raíces obtenían los mayas una sustancia de color amarillo, según el *Diccionario de Motul*. En Yucatán es conocido con el nombre de *Zac-yab* y en Centroamérica con el de *Madre de cacao*.

171

[22] Desatad vuestros calzones, o bragas; probablemente era un simple taparrabo semejante al *maxtatl* de los indios mexicanos y al *ex* de los mayas.

[23] Los pintores y talladores de Yucatán invocaban a *Hunchevén* y *Hun-ahau*, que eran los hijos menores de *Ixchel* e *Itzamná* (la diosa y el dios que veneraban los mayas de la península), según refiere el P. Las Casas (1909, ccxxxv, "De los libros y de las tradiciones religiosas que había en Guatemala").

[24] La tórtola, *mucuy* en maya.

[25] Literalmente, moled nuestra comida. La comida de los indios quichés consistía principalmente en tortillas y bollos de maíz cocido y molido en la piedra que se llamaba *caam*, el *metatl* de México.

[26] *Chilmulli*, en náhuatl, salsa de chile o ají.

[27] Dentro del chilmol. La salsa líquida y roja hacía las veces de espejo y reflejaba los movimientos del ratón en el techo, sin que los muchachos parecieran estarlos observando.

[28] Gavilán que come culebras. *Vocabulario de los P.P. Franciscanos*.

[29] *Lotz*, acedera, vulgarmente en Guatemala, chicha fuerte; *lotzquic*, goma de jugo de acedera. Es una hierba tropical americana, que los mexicanos llaman *Xocoyolli*, y que parece ser *Oxalis* en nuestra clasificación de historia natural, dice Brasseur. Agrega que los indígenas de la América Central le aseguraron que la usaban para quitar las cataratas de los ojos. Garcilaso de la Vega, el Inca, habla igualmente de una planta semejante usada por los indios del Perú.

[30] Cierta planta llamada chipilín, dice Ximénez. Es una planta de la familia de las leguminosas, *Crotalaria longirostrata*.

[31] *Ta x-e cha chire cha*. Brasseur observa en este lugar que los quichés se complacían en estos juegos de palabras. En todo este capítulo se usa por el autor la palabra *cha* que significa hablar, decir, lanza, navaja, vidrio, etc. Lo mismo puede decirse de la palabra *cah* usada como adjetivo, verbo y adverbio.

[32] Hormigas rojizas o negras que salen por la noche y cortan las hojas tiernas y las flores. Son conocidas popularmente en Guatemala con el nombre de zompopos, palabra mexicana.

[33] *Purpuvec* y *puhuy* (pronúnciese purpugüec y pujuy), son los nombres que dan todavía los quichés y cakchiqueles al

172

mochuelo o lechuza. Son palabras imitativas del grito de estas aves.

[34] Los quichés llaman al zopilote macho *mama cuch*, o sea zopilote viejo. La identidad del animal que aquí se menciona carece, sin embargo, de importancia. Los antiguos indios se servían de los objetos y seres naturales para representar las ideas y cosas inmateriales, por el parecido de sus nombres. En el presente caso trataban, sin duda, de representar la idea de la oscuridad que precede inmediatamente al amanecer, a la cual llamaban *vuch*.

[35] Es decir, las de Hunahpú e Ixbalanqué.

[36] Literalmente hombre pez. El autor juega indudablemente con estas palabras para dar a entender que los héroes de la historia eran hijos de las aguas.

[37] En el baile del *Ixtzul* los bailarines llevaban máscaras pequeñas y colas de guacamaya en el colodrillo, según Barela. Landa dice que en las fiestas de Año Nuevo, cuando éste caía en el día *Muluc*, los mayas de Yucatán bailaban un baile de zancos muy altos.

[38] Hay aquí una repetición del mismo concepto expresado en una serie de verbos sinónimos.

[39] Estos engaños, que recuerdan los actos de sugestión de los fakires de la India, eran bien conocidos de los indios mayas de México. Sahagún, describiendo las costumbres de los huastecas, tribu mexicana relacionada con los mayas de Yucatán, refiere que cuando volvieron a Panutla, o Pánuco, "llevaron consigo los cantares que usaban cuando bailaban y todos los aderezos que usaban en la danza o areyto. Los mismos eran amigos de hacer embaimientos, con los cuales engañaban a las gentes, dándoles a entender ser verdadero lo que es falso, como es hacer creer que se quemaban las casas, cuando no había tal; que hacían aparecer una fuente con peces, y no había nada, sino ilusión de los ojos: que se mataban a sí mismos haciendo tajadas y pedazos sus carnes, y otras cosas que eran aparentes y no verdaderas..."

[40] Se refiere naturalmente a la metamorfosis de Hunahpú e Ixbalanqué en los dos muchachos pobres que engañaron trágicamente a los Señores de Xibalbá valiéndose de sus artes de magia.

[41] *Xhunahpu, Xbalanque* en el original. La X inicial denota el diminutivo en quiché. En este lugar sirve para establecer la relación de padre a hijo entre Hun-Hunahpú e Ixhunahpú.

[42] Recuérdese que el juego de la pelota estaba reservado a la gente principal.

[43] Vasijas grandes de barro de ancha boca, así llamadas en Guatemala.

[44] *Ah-Tza*, los de la guerra. *Ah-Tucur*, los buhos. Como indica Brasseur, puede haber relación entre estos nombres y los *itzaes*, tribu maya que habita al norte de Guatemala en la región llamada Pétén-Itzá, y los pobladores de Tucurú, pueblo de la Verapaz. Es probable que los quichés y cakchiqueles emigraran desde el norte, huyendo de la tiranía de aquellos pueblos y con el propósito de vivir en libertad en tierras nuevas.

[45] Con aspecto de negros y de blancos, doble apariencia, símbolo de su falsía: de dos caras.

A LA TERCERA PARTE

[1] *Echá*, comida, alimento. Cuando se trata del hombre, *echá* es el maíz cocido y molido que era la comida corriente del indio americano, y que los quichés pensaban lógicamente que había servido para formar a los primeros hombres.

[2] Es decir, los antepasados, los progenitores. En el capítulo siguiente el autor vuelve a llamarlos madres, en el mismo sentido genérico.

[3] Es posible reconocer entre estos nombres el de *Tepeu*, que en otros lugares de este libro se aplica a los yaquis, *Yaqui-Tepeu*, una de las tribus de origen tolteca que emigraron junto con los quichés. También puede identificarse a los de *Olomán*, que son los olmecas, olmeca-xicalancas, que vivían al sur de Veracruz, con quienes los quichés estaban asimismo íntimamente unidos.

[4] Los trece pueblos de Tecpán, que el *Título* de Totonicapán llama *Vukamag Tecpam*, son las tribus pocomames y poconchíes, según Brasseur. La tribu de Rabinal se estableció en el centro de la actual República de Guatemala, y sus descendientes forman todavía un núcleo importante de población quiché. Los cakchiqueles constituyeron un reino fuerte y numeroso, rival del reino quiché y tuvieron por capital a *Iximché* (nombre indígena del árbol actualmente llamado ramón). Los mexicanos llamaban a Iximché *Tecpán-Quauhtemallan*, de donde viene el nombre moderno Guatemala. La tribu de *Tziquinahá* tuvo por capital la ciudad lacustre de

174

Atitlán, y ocupó la parte occidental del territorio que circunda el lago de este nombre. *Zacahá* es el actual Salcajá, cerca de Quezaltenango, *Lamac, Cumatz, Tuhalhá* y *Uhabahá* existían en los alrededores de Sacapulas, según Brasseur. No ha sido posible identificar las tribus restantes. La de *Balamihá* puede ser la que se estableció en el lugar llamado hoy Balamyá, del departamento de Chimaltenango.

5 Es decir, ídolos.

6 Los mexicanos, los antiguos toltecas, el pueblo náhuatl, que uniéndose a los mayas del sur, fueron el origen de las naciones indígenas de Guatemala. El autor llama a los yaquis los sacerdotes y sacrificadores, y estos mismos nombres les da en varios lugares a los jefes quichés Balam-Quitzé y compañeros.

7 Evidentemente buscaban el incienso para quemar ante los dioses.

8 Este pasaje del *Popol Vuh* es muy interesante como prueba de la comunidad de origen de los quichés y demás pueblos de Guatemala y de las tribus que se establecieron en los tiempos antiguos en diversas partes de México y Yucatán. *Tulán-Zuiva*, la Cueva de Tulán, *Vucub-Pec*, Siete Cuevas, y *Vucub-Ziván*, Siete Barrancas, son los nombres quichés del sitio a que la tradición mexicana da el nombre de *Chicomoztoc*, que en lengua náhuatl significa igualmente Siete Cuevas.

9 El arca o jaula de madera que los indios llevan a cuestas para conducir sus productos o cargamentos de un lugar a otro. El nombre corriente en Guatemala es *cacaxte*, como tantos otros, de la lengua mexicana.

10 A Yucatán.

11 Damos la versión de Ximénez. La expresión alude indudablemente a la manera primitiva de sacar fuego por medio de un palo que se hace girar rápidamente dentro de otro. Según el *Título de los Señores de Totonicapán*, Balam-Quitzé y sus compañeros fueron "comenzando a frotar madera y piedras, los que primero sacaron fuego". Los pueblos de Vukamag sólo consiguieron que los quichés les dieran "un poco" de su fuego ofreciendo darles a sus hijas.

12 Es decir, entregar a las víctimas para que las sacrifiquen, al estilo mexicano, abriéndoles el pecho con el cuchillo de pedernal y ofrendando sus corazones a la divinidad. La misma idea se repite más adelante en términos inequívocos.

13 *Icoquih*, Venus, la precursora del sol, literalmente la que lleva a cuestas al sol.

14 El pueblo de *Rabinal* conserva su nombre antiguo. *Tziquinahá* es el actual pueblo de Atitlán.

15 *Canti*, variedad de serpiente venenosa, *Trigonocephalus specialis*. Estos animales eran considerados por los antiguos indios como dioses menores de su mitología.

16 El gran civilizador era adorado como una divinidad por los antiguos mexicanos, quienes le daban diferentes nombres. Llamábanle *Ehecatl*, o dios del viento; *Yolcuat*, o sea serpiente cascabel; *Quetzalcóatl*, o serpiente cubierta de plumas verdes. Este último significado corresponde también al nombre maya *Kukulcán* y al nombre quiché *Gucumatz*. En este lugar del texto se revela que los quichés identificaban también a Quetzalcóatl con su dios Tohil. Ambos eran efectivamente dioses de la lluvia.

17 En lugar del incienso de Oriente, los quichés quemaban en los altares de sus dioses una variedad de sustancias aromáticas: trementina, o sea la resina del pino, que ellos llamaban *col*; *pom*, o sea el *copalli* de México; la goma que llamaban *noh*, que es otra resina, según Ximénez, y la hierba pericón o hipericón, *Tagetes lucida*, de la familia de las compuestas.

18 Como se ha dicho en otro lugar, bajo la palabra *queh*, venado se comprenden todos los cuadrúpedos.

19 El texto alude probablemente a la piel cubierta de pelo del venado, que los sacerdotes debían enseñar al pueblo en lugar de los verdaderos dioses de los quichés, obedeciendo las órdenes de Tohil.

20 Se notará que los tres dioses hablaban juntos a las tribus.

A LA CUARTA PARTE

1 A pesar de sus incoherencias y de su sentido muy oscuro, este capítulo parece ser el prólogo de la destrucción de las tribus de Vuc Amag, enemigos de los quichés, a quienes los sacerdotes se proponían sacrificar en la forma que habían aprendido en el Norte, como se verá en los capítulos que siguen.

2 Brasseur localiza el río de este nombre en un lugar a cinco o seis leguas al sudoeste de Cubulco, en el camino de Joyabaj, en la cumbre de la montaña que separa a ambos pueblos.

176

[3] La familia de *Cavec* era la más importante y numerosa del reino quiché.

[4] *Ixtán* es muchacha en cakchiquel. *Ichpoch* significa muchacha también en náhuatl, según Brasseur. El *Título de los Señores de Totonicapán* agrega una tercera joven a quien llama *Quibatzunah* (la bien arreglada o acicalada). Es más lógico creer que la misión que despacharon las tribus se compusiera de tres sirenas, puesto que los dioses a quienes se trataba de seducir eran también tres.

[5] *Tohil* en este lugar vuelve a ser nombre colectivo.

[6] Conforme a las creencias de los quichés, aquellos jóvenes que aparecieron en el Baño de Tohil eran la encarnación de los dioses en figura humana y su representación corporal, su *alter ego*. El nagual era la persona o animal en que se transformaban los indios a voluntad.

[7] Literalmente la bolsa, saco o costal en que se guardaba el cacao y que contenía ocho mil almendras. Equivale al xiquipil de México. La misma palabra se empleaba también para contar las tropas. El texto da a entender que el ejército de las tribus contenía más de 24 000 hombres.

[8] Entre los mayas, lo mismo que entre los quichés, el Señor o dueño de los Venados es un símbolo de desaparición y despedida. En Yucatán le llaman *Yumilceh*, Señor venado.

[9] Nacxit es el nombre abreviado que los quichés y cakchiqueles daban en sus historias al Rey del Oriente, que no era otro que Topiltzin Acxitl Quetzalcóatl, el célebre rey tolteca que obligado a abandonar sus dominios del norte emigró a fines del siglo X a tierras de Yucatán (el Oriente de las crónicas antiguas), fundó la ciudad de Mayapán y repobló la de Chichén Itzá, civilizó la península y terminada su misión se marchó por donde vino. La fabulosa Tlapallan adonde se cuenta que emigró el gran monarca era el país que se extiende desde Xicalanco hacia el oriente, o sea la región costanera y los modernos Estados mexicanos de Tabasco, Campeche y Yucatán.

En las Crónicas o Libros de *Chilam Balam* de Yucatán se habla de la profecía del retorno de Kukulcán-Quetzalcóatl a quien se llama en dichos documentos *Nacxit-Xuchit*.

[10] La palabra *Gumarcaah* significa cabañas podridas, según Ximénez; traduciéndola a su idioma, los mexicanos llamaron a la ciudad *Utatlán*, lugar de cañaverales. Era, a la llegada

de los españoles, la ciudad más importante de la América Central.

11 El rey.

12 El adjunto al monarca, destinado a sucederle.

13 El sacerdote de Tohil.

14 El sacerdote de Gucumatz.

15 El Gran elegido de Cavec.

16 El Consejero Chituy, Ministro tesorero.

17 El Factor o Contador y recaudador de tributos.

18 El Consejero del juego de pelota largo.

19 El Mayordomo, según Brasseur.

20 "En las ortigas", nombre que los mexicanos tradujeron por *Chichicastenango*, con idéntico significado, que es el nombre que hoy subsiste.

21 El pueblo de Rabinal.

22 Hoy Zacualpa, junto a las montañas de Joyabaj.

23 La nación *Caoqué*, probablemente representada por los actuales pueblos de Santa María y Santiago Cauqué.

24 Hoy San Andrés Saccabajá.

25 "Tierra blanca", fortaleza de los mames junto al pueblo antiguo de *Chinabjul*, hoy Huehuetenango.

26 "Sobre el agua caliente", hoy Totonicapán, nombre mexicano del mismo significado, como Atotonilco en el Estado de Jalisco (México).

27 "Bajo los diez venados o jefes", la antigua Culahá de los mames, hoy Quezaltenango.

28 "Frente a la fortaleza", hoy Momostenango.

29 "El sauco", hoy Santa María Chiquimula, a poca distancia de Santa Cruz Quiché.

30 La costa de *Petatayub* es evidentemente el litoral del Pacífico donde existe hoy el pueblo guatemalteco de Ayutla, sobre la frontera con México.

31 El *Ahau-Galel* era el jefe de la Casa de Nihaib y el *Ahtzic-Vinac* el jefe de la Casa de Ahau-Quiché.

32 *Chuvilá*, o Chichicastenango. Tanto en el manuscrito de estas *Historias del origen de los Indios* como en los *Títulos de la Casa Ixcuín-Nihaib*, se les llama *Ah-Uvilá* a los habitantes de este pueblo.

33 Actualmente *Cabricán*, pueblo del departamento de Quezaltenango.

34 *Panacá*, hoy *Zacualpa*, pueblo del departamento del Quiché.

35 El actual **Joyabaj**.

178

36 Hoy San Andrés Saccabajá.

37 *Ziyahá,* o *Zihá,* antiguo nombre del pueblo conocido hoy con el nombre de Santa Catarina Ixtlahuacán.

38 Totonicapán.

39 Quezaltenango.

40 Las casas o templos de los dioses del Quiché fueron destruidas después del abandono de la ciudad. La piedra y otros materiales extraídos de las ruinas de Utatlán sirvieron para construir los edificios de Santa Cruz, la vecina ciudad fundada por los españoles. Apenas quedan, entre las ruinas de la antigua capital quiché, los restos del sacrificatorio o templo de Tohil.

41 *Tzutuhá,* Agua o fuente florida. *Cahbahá,* casa de sacrificios o sacrificatorio. El nombre de este lugar tiene gran parecido con el del pueblo conocido hoy como San Andrés Saccabajá, situado a poca distancia de Santa Cruz Quiché.

42 El ayuno de los quichés era absoluto, según el texto. Entre los mexicanos era práctica general, pero menos rigurosa, pues hacían una comida ligera durante el día y otra por la noche.

43 El *raxón* (*Cotinga*) compartía con el quetzal, *guc,* el honor de adornar con sus plumas a los dioses y a los reyes; las bellas plumas azul celeste del *raxón* eran anudadas y entonces se llamaban *pixoh raxón,* plumas cosidas, expresión que Zúñiga (*Dicc. Pokonchí-Castellano*) explica diciendo que "van las plumas entretejidas y con ñudos de un hilo muy delgado con grande sotileza y son unas guirnaldas destas plumas azules que usan en sus bailes y que les ciñen las sienes y frente".

44 *Tepetl pul,* palabras de la lengua mexicana que significan cerro de piedras.

45 *Cag-Quicab,* de muchos brazos, interpreta Ximénez. Puede ser el de las manos de fuego. *Cavizimah,* que se adorna de puntas como lanzas o saetas (*itz* en náhuatl), según Ximénez. Quicab y Cavizimah fueron los grandes conquistadores que subyugaron a todos los pueblos del interior de Guatemala, como se refiere extensamente en el capítulo X de esta parte.

46 En tiempo de estos reyes dice Ximénez que se sublevaron los cakchiqueles (sometidos anteriormente por Quicab). Según el *Memorial* de los Cakchiqueles, los quichés fueron vencidos por ellos en Iximché y sus reyes hechos prisioneros y obligados a entregar a sus dioses.

179

⁴⁷ **Ocho Bejucos.** Como observa Brasseur, es la traducción del nombre mexicano *Chicuey Malinali*, duodécimo día del calendario azteca. Durante el reinado de estos príncipes ocurrió, según Ximénez, el suceso del indio cakchiquel que los quichés recordaban en su baile llamado *Quiché Vinac*. Este indio, que era probablemente hijo del rey cakchiquel, llegaba por las noches a insultar a voces al rey quiché, y cuando por fin lo capturaron y estaban a punto de sacrificarlo, anunció la llegada de los españoles con estas palabras: "Sabed que ha de venir un tiempo en que desesperaréis por las calamidades que os han de sobrevenir, y aqueste *mama caixon* [viejo amargo, mote dirigido al rey] también ha de morir; y sabed que unos hombres vestidos y no desnudos como nosotros, de pies a cabeza y armados, destruirán estos edificios y quedarán hechos habitación de lechuzas y gatos de monte y cesará toda aquesta grandeza de aquesta corte."

⁴⁸ *Vucub Noh*, 7 noh, día del calendario. *Cauutepech*, adornado de argollas, dice Ximénez, porque este rey solía usar de aquestos adornos.

⁴⁹ *Oxib-Queh*, 3 Venado; *Beleheb Tzi*, 9-Perro: son días del calendario. Al rey Beleheb-Tzi le llamaron los mexicanos *Chiconavi-Ocelotl*, o sea 9 Tigre, y de ahí provino el nombre de *Chignavizelut* con que lo designaron los españoles. *Donadiú*, o Tonatiuh, el sol en náhuatl, era el nombre que los mexicanos daban al conquistador español Pedro de Alvarado que destruyó el reino quiché y quemó a sus reyes.

⁵⁰ *Tecum*, amontonado. No debe confundirse a este rey con el general en jefe del ejército quiché que pereció luchando al frente de sus tropas contra los españoles. No se sabe cuál fue la suerte del rey Tecum, pero Tepepul es el rey Sequechul de que hablan el Libro de Cabildo y los cronistas de la Conquista, que reinó de 1524 a 1526. Después de la insurrección de los indios en 1526, fue encarcelado hasta 1540 y en este último año Alvarado lo ahorcó junto con el rey cakchiquel Belch-Qat, a quien los españoles llamaban Sinacán.

⁵¹ La frase de este lugar en el original está evidentemente mutilada. Se completa, sin embargo, con facilidad, cotejándola con otras dos frases del texto, la del preámbulo que dice: *rumal ma-habi chi ilbal re Popo Vuh*, y la del capítulo XI de la Cuarta Parte que dice: *Xax qu'etaam vi qo cut ilbal re, qo vuh, Popol Vuh u bi cumal*. El autor da fin a

180

su obra explicando de nuevo que ha tenido que escribirla porque ya no existe el libro antiguo en que los reyes leían el pasado y el porvenir de su pueblo.

[52] Fue el Obispo Marroquín quien bautizó con el nombre de Santa Cruz la ciudad española que reemplazó a la antigua capital quiché.

ÍNDICE

Introducción 7

POPOL VUH: LAS ANTIGUAS HISTORIAS
DEL QUICHÉ

Preámbulo 21

Primera Parte

Capítulo   I 23
    „   II 25
    „   III 30
    „   IV 32
    „   V 34
    „   VI 35
    „   VII 39
    „   VIII 42
    „   IX 45

Segunda Parte

Capítulo   I 49
    „   II 52
    „   III 58
    „   IV 62
    „   V 64
    „   VI 69
    „   VII 75

183

Capítulo VIII 79
  „   IX 82
  „   X 87
  „   XI 89
  „   XII 92
  „   XIII 94
  „   XIV 99

Tercera Parte

Capítulo I 103
  „   II 104
  „   III 107
  „   IV 110
  „   V 112
  „   VI 115
  „   VII 117
  „   VIII 118
  „   IX 121
  „   X 124

Cuarta Parte

Capítulo I 127
  „   II 128
  „   III 134
  „   IV 137
  „   V 139
  „   VI 141
  „   VII 144
  „   VIII 147
  „   IX 149
  „   X 150

Capítulo XI 154
    „   XII 158

NOTAS

Al Preámbulo 163
A la Primera Parte 166
A la Segunda Parte 169
A la Tercera Parte 174
A la Cuarta Parte 176

185

Este libro se terminó de imprimir y encuadernar en el mes de abril de 2000 en Impresora y Encuadernadora Progreso, S. A. de C. V. (IEPSA), Calz. de San Lorenzo, 244; 09830 México, D. F. Se tiraron 16 000 ejemplares.

COLECCIÓN

POPULAR

1. RULFO, J.: *El llano en llamas*, 146 pp.

2. DOBB, M.: *Introducción a la economía*. 96 pp.
3. YÁÑEZ, A.: *La creación*, 314 pp.
4. POZAS A., R.: *Juan Pérez Jolote*. 112 pp.
5. HENRÍQUEZ UREÑA, P.: *Historia de la cultura en la América Hispánica*. 178 pp.
6. BENÍTEZ, F.: *El rey viejo*. 210 pp.
7. COLE, G. D. H.: *La organización política*. 96 pp.
8. VALADÉS, E.: *La muerte tiene permiso*. 136 pp.
9. MANNHEIM, K.: *Diagnóstico de nuestro tiempo*. 238 pp.
10. FUENTES, C.: *Las buenas conciencias*. 194 pp.
11. *Popol-Vuh – Las antiguas historias del Quiché*. Trad. del original, A. Recinos. 186 pp.
12. GALINDO, S.: *El bordo*. 212 pp.
13. AZUELA, M.: *Los de abajo*. 142 pp.
14. ROSTAND, J.: *El hombre y la vida*. 126 pp.
15. BABINI, R. DE: *Los siglos de la historia. Tablas cronológicas*. 352 pp.
16. ROJAS GONZÁLEZ, F.: *El diosero*. 136 pp.
17. SILVA HERZOG, J.: *Breve historia de la Revolución Mexicana*. 2 vols. 614 pp.
18. CROCE, B.: *La historia como hazaña de la libertad*. 296 pp.
19. YÁÑEZ, A.: *La tierra pródiga*. 320 pp.
20. RIVET, P.: *Los orígenes del hombre americano*. 200 pp.
23. DJORDJEVICH, J.: *Yugoslavia, democracia socialista*. 268 pp.
24. BURCKHARDT, J.: *Reflexiones sobre la historia universal*. 338 pp.
25. MYRDAL, G.: *El Estado del futuro*. 296 pp.

26. HUGHES, T. J. y LUARD, D. E. T.: *La China Popular y su economía.* 282 pp.
27. BENÍTEZ, F.: *El agua envenenada.* 182 pp.
28. WRIGHT, E. A.: *Para comprender el teatro actual.* 254 pp.
29. BOYD, R. L. F.: *La investigación del espacio.* 174 pp.
30. FERNÁNDEZ MORENO, C.: *Introducción a la poesía.* 146 pp.
31. VAN DOREN, M.: *La profesión de Don Quijote.* 112 pp.
32. SHACKLE, G. L. S.: *Para comprender la economía.* 328 pp.
34. FUENTES, C.: *La muerte de Artemio Cruz.* 320 pp.
35. NKRUMAH, K.: *Un líder y un pueblo.* 348 pp.
36. DART, R. A. y CRAIG, D.: *Aventuras con el eslabón perdido.* 384 pp.
37. BARRE, R.: *El desarrollo económico.* 178 pp.
38. BONDI, H., BONNOR, W. B., LYTTLETON, R. A. y WHITROW, G. J.: *El origen del Universo.* 92 pp.
39. BEREND, J.: *El jazz, su origen y desarrollo.* 456 pp.
40. VON MARTIN, A.: *Sociología del Renacimiento.* 136 pp.
41. CASSIRER, E.: *Antropología filosófica.* 336 pp.
42. *El libro de los libros de Chilam Balam.* 214 pp.
43. DUFOURCQ, N.: *Breve historia de la música.* 240 pp.
44. JAHN, J.: *Mantu: Las culturas neoafricanas.* 350 pp.
45. SHAPLEY, H.: *De estrellas y hombres.* 190 pp.
46. REYES, A.: *Antología.* 166 pp.
47. FANON, F.: *Los condenados de la tierra.* 296 pp.
48. REDFIELD, R.: *El mundo primitivo y sus transformaciones.* 200 pp.
49. HARRINGTON, M.: *La cultura de la pobreza en los Estados Unidos.* 248 pp.
50. VEBLEN, T.: *Teoría de la clase ociosa.* 408 pp.
51. MENTON, S.: *El cuento hispanoamericano.* 2 vols.

52. SPROTT, W. J. H.: *Introducción a la sociología.* 256 pp.
53. MYRDAL, G.: *El reto a la sociedad opulenta.* 224 pp.
54. MACGOWAN, K. y MELNITZ, W.: *Las edades de oro del teatro.* 352 pp.
55. FREYRE, G.: *Interpretación del Brasil.* 200 pp.
56. BENÍTEZ, F.: *La ruta de Hernán Cortés.* 312 pp.
57. GORZ, A.: *Historia y enajenación.* 360 pp.

58. RULFO, J.: *Pedro Páramo*. 132 pp.
59. MARTÍNEZ ESTRADA, E.: *Antología*. 400 pp.
60. BODENHEIMER, E.: *Teoría del derecho*. 418 pp.
61. SOLÓRZANO, C.: *El teatro hispanoamericano contemporáneo*. 2 vols. 780 pp.
62. UNAMUNO, M. DE: *Antología*. 396 pp.
63. CROSSMAN, R. H. S.: *Biografía del Estado moderno*. 392 pp.
64. USIGLI, R.: *Corona de luz*. 272 pp.
65. PICÓN-SALAS, M.: *De la Conquista a la Independencia*. 264 pp.
66. CARDOZA Y ARAGÓN, L.: *Guatemala, las líneas de su mano*. 424 pp.
67. MUELLER, F.-L.: *La psicología contemporánea*. 240 pp.
68. NAVILLE, P.: *Hacia el automatismo social*. 304 pp.
69. FRISCH, O. R.: *La física atómica contemporánea*. 272 pp.
70. FANON, F.: *Por la revolución africana*. 240 pp.
71. RIESMAN, D.: *Abundancia ¿para qué?* 448 pp.
72. VALCÁRCEL, D.: *La rebelión de Túpac Amaru*. 248 pp.
73. SNOW, E.: *Del otro lado del río. Una visión de la China contemporánea*. 2 vols. 992 pp.
74. CAMPOS, J.: *Muerte por agua*. 142 pp.
75. ROBERT, M.: *La revolución psicoanalítica*. 472 pp.
76. FROMM, E.: *El corazón del hombre*. 180 pp.
77. HOROWITZ, I. L.: *Revolución en el Brasil*. 250 pp.
78. BARNETT, A.: *La especie humana*. 408 pp.
79. MENDE, T.: *Un mundo posible*. 176 pp.
80. ARREOLA, J. J.: *Confabulario*. 302 pp.
81. LIENHARDT, G.: *Antropología social*. 282 pp.
82. RUNCIMAN, W. G.: *Ensayos: sociología y política*. 264 pp.
83. SWADESH, M.: *El lenguaje y la vida humana*. 396 pp.
84. FRIEDLAND, W. H. y ROSBERG JR., C. G.: *África socialista*. 448 pp.
85. SCHALLER, G. B.: *La vida del gorila*. 328 pp.
86. FUENTES, C.: *La región más transparente*. 464 pp.
87. FRIEDMANN, G.: *¿El fin del pueblo judío?* 358 pp.
88. LEÓN-PORTILLA, M.: *Los antiguos mexicanos a través de sus crónicas y cantares*. 204 pp.
89. AZUELA, M.: *3 Novelas*. 180 pp.
90. CASSIRER, E.: *El mito del Estado*. 364 pp.

91. Dueñas, G.: *Tiene la noche un árbol*. 128 pp.
92. Castellanos, R.: *Balún-Canán*. 292 pp.
93. Uslar Pietri, A.: *En busca del Nuevo Mundo*. 226 pp.
94. Sánchez, L. A.: *Valdelomar o la belle époque*. 464 pp.
95. Pellicer, C.: *Antología poética*. 368 pp.
96. Horowitz, D.: *Anatomía de nuestro tiempo*. 208 pp.
97. Ferreira, R.: *Los malos olores de este mundo*. 240 pp.
98. Aguilera Malta, D.: *Siete lunas y siete serpientes*. 380 pp.
99. Estrella Gutiérrez, F.: *Antología de cuentos*.

CPSIA information can be obtained
at www.ICGtesting.com
Printed in the USA
LVOW12s0017010917
547203LV00001B/3/P